Marcel LÉART

La Question Arménienne

A LA LUMIÈRE DES DOCUMENTS

PARIS

Augustin CHALLAMEL, Éditeur

17, Rue Jacob

Librairie Maritime et Coloniale

—

1913

Marcel LÉART

KRIKOR ZOHRAB

La Question Arménienne

À LA LUMIÈRE DES DOCUMENTS

6 864

PARIS

Augustin CHALLAMEL, Éditeur

17, Rue Jacob

Librairie Maritime et Coloniale

1913

AVANT-PROPOS

Cette étude est écrite en faveur des Arméniens. Elle n'est pas dirigée contre les musulmans, ni les Turcs, ni même contre les Kurdes. Elle relève les excès très graves commis sur la population arménienne. Ces constatations attristantes ne sont pas faites pour attiser les haines et pour demander vengeance. Elles portent sur des faits historiques qui sont rappelés ici uniquement dans le but d'en tirer un enseignement pour l'avenir et d'arriver enfin à établir une meilleure administration dans les provinces orientales de la Turquie pour l'intérêt de tous.

Les Empires musulmans croulent les uns après les autres. L'Empire ottoman reste seul debout, mais dans quel état. Les vrais musulmans et les vrais patriotes turcs devraient se demander les causes de ces désastres et méditer un peu les leçons qu'ils renferment. Nous avons tâché d'en dégager quelques-unes. Les Etats théocratiques ont vécu. Les Etats islamiques souffrent et meurent d'être des théocraties. Voilà ce dont les dirigeants turcs devraient se pénétrer. Il faut que les musulmans, et en particulier les Turcs, entendent les vérités qu'on murmure derrière eux, et, au lieu de s'en offenser, cherchent à en profiter. Leur relèvement est à ce prix.

Quant au sort des provinces arméniennes, il sera ce que les Turcs voudront qu'il soit. C'est là un dernier avertissement qu'ils ne doivent pas négliger. Nous sommes persuadés que la Turquie peut se relever de ses malheurs. Il suffit qu'elle le veuille.

CHAPITRE PREMIER

Historique de la Question Arménienne

Les Arméniens qui habitent le vilayet d'Erzeroum, les parties septentrionales des vilayets de Van, de Bitlis, de Diarbékir, la partie orientale du vilayet de Sivas (Arménie turque), le vilayet d'Adana et le nord du vilayet d'Alep (Cilicie), forment une population chrétienne entourée de tous côtés de populations musulmanes comprenant, en grande partie, des tribus nomades (Annexe A).

Dans ces contrées lointaines et perdues de l'Asie, les Arméniens, depuis deux mille ans, sont les représentants de la civilisation occidentale, d'abord comme chrétiens, ensuite par leur culture. Placés sous la domination ottomane depuis six siècles, leur histoire n'est qu'un long martyrologe. Beaucoup, pour conserver leur vie et leurs biens, ont dû embrasser l'islamisme (districts de Tortoum, d'Ispir, de Baïbourt, dans le vilayet d'Erzeroum, en 1820 ; de Khoyt, de Slivan dans le vilayet de Bitlis, en 1800 ; districts de Hamchène, de Yaïnbol et de Karadéré dans le vilayet de Trébizonde, en 1830). Un grand nombre d'entre eux a émigré en Russie (en 1830, 1856, 1878) ; à Marseille (de 1878 jusqu'en 1905) ; aux États-Unis (de 1878 jusqu'en 1912, c'est-à-dire même après la promulgation de la constitution ottomane). Mais la grande masse arménienne est restée attachée au sol natal.

C'est dans le commencement de la moitié du siècle dernier que la diplomatie européenne s'occupa d'eux, pour la première fois. Ce fut à l'occasion du soulèvement de Zeïtoun (Intervention française de 1867).

De 1867 jusqu'à la guerre russo-turque, c'est-à-dire pendant une période de dix ans, on n'entendit plus parler des Arméniens. L'Europe, bien que témoignant quelque intérêt pour les chrétiens de Turquie en général, oubliait ceux qui habitaient ses provinces orientales. Seule, la Grande-Bretagne, se tenait au courant du sort des Arméniens en Anatolie. C'était pour y faire contrepoids à l'influence russe.

Pendant la guerre russo-turque, à la suite de l'écrasement de ses armées, la Turquie, abandonnée de tous les côtés, craignit un moment que les exigences du vainqueur n'allassent jusqu'à demander l'annexion de ses vilayets asiatiques de Diarbékir et de Sivas. Elle poussa les Arméniens à réclamer, pour les provinces habitées par eux, une autonomie politique sous la souveraineté ottomane. C'était, à ses yeux, le seul moyen d'arrêter définitivement l'invasion russe dans la Turquie d'Asie, en y créant une espèce d'état tampon (novembre 1877). L'arrivée de l'escadre britannique devant Constantinople, en dissipant ses craintes, permit à la Turquie de revenir sur une décision que le désespoir seul lui avait dictée. Au cours des négociations de paix qui eurent lieu à San-Stéfano, elle repoussa le texte proposé par les plénipotentiaires russes et rédigé à la suite des sollicitations arméniennes. Dans la rédaction définitive de l'article 16 du traité de San-Stéfano, la formule « autonomie administrative » fut remplacée par celle de « réformes et améliorations » avec, pour garantie, l'occupation russe (Annexe B).

Au Congrès de Berlin, grâce au concours de la Grande-Bretagne, la Turquie parvint à faire supprimer aussi la clause de l'occupation russe. Les Arméniens, à ce Congrès, avaient demandé, cette fois en opposition ouverte avec le Gouvernement turc, une autonomie administrative (Projet du Patriarcat Arménien, Annexe C).

Cette demande ne fut pas prise en considération et c'est ainsi que l'article 61 du Traité de Berlin vit le jour (Annexe D). Tout espoir d'amélioration du sort des Arméniens était perdu et le silence se fit de nouveau sur eux.

La situation dans les provinces arméniennes devint alarmante. Les six puissances, par une note collective, remise à la Sublime Porte, exigèrent l'exécution des réformes promises. La note expliquait en quoi elles devaient consister (septembre 1880, Annexe E). La Porte laissa cette note sans réponse.

Quelques années se passèrent. Grâce à l'indifférence de l'Europe la persécution des Arméniens put être poursuivie avec une méthode et un esprit de suite pourtant rares en Turquie. Partout, en Arménie, les Arméniens étaient dépossédés de leurs terres. Dans leur désespoir, ils se soulevèrent à plusieurs reprises (Premiers événements de Sassoun, 1894). La Sublime Porte répondit par une répression sanglante et par des massacres.

Un moment, la conscience européenne et chrétienne se demanda si, de tout ce sang versé, une part de responsabilité ne pesait pas sur elle. La Grande-Bretagne, la France et la Russie exigèrent l'exécution des réformes que la Turquie s'était engagée à introduire dans les provinces arméniennes en vertu de l'article 61 du Traité de Berlin. Ces trois Puissances élaborèrent même un mémorandum (Annexe F) et un projet de réformes que la Porte repoussa (avril 1895, Annexe G). Elle leur communiqua celles qu'elle se disait décidée à mettre à exécution (Annexe H). Une mission fut envoyée à cet effet en Arménie, sous les ordres de Chakir pacha. Entre temps, les Arméniens faisaient une manifestation devant la Sublime Porte (septembre 1895). La police turque, informée d'avance, avait armé la population musulmane. Elle donna le signal des premiers massacres des Arméniens à Constantinople, qui furent bientôt suivis des grands massacres arméniens qui ensanglantèrent les provinces asiatiques (1895-1896). Ils dépassèrent en horreur tout ce que l'histoire avait enregistré de semblable. Plus de 100.000 Arméniens périrent. C'est une erreur de croire que ces massacres ont été l'œuvre personnelle d'Abdul-Hamid. Ils furent un acte de gouvernement où tous les hommes politiques ottomans eurent leur part. Voilà de quelle façon la Porte exécuta les réformes qu'elle avait promises aux Puissances et quelle fut la mission que Chakir Pacha eut à mener à bonne fin. En face de ces scènes épouvantables, la diplomatie européenne ne fit rien ou presque rien. Quelques voix généreuses s'élevèrent pourtant en faveur des Arméniens en France, en Angleterre et en Suisse et quelques sympathies leur furent exprimées en Russie. En réalité, les Arméniens étaient réduits à ne plus compter que sur eux-mêmes. Déjà, en 1895, le Zeïtoun s'était soulevé, et avait réussi à opposer une résistance heureuse aux troupes envoyées pour l'anéantir. En 1896, le désespoir poussa un groupe de révolutionnaires arméniens à organiser la manifestation retentissante de la Banque ottomane, qui fut suivie du grand massacre d'Arméniens à Constantinople. De nouveaux soulèvements eurent lieu plus tard à Sassoun et à Van. La nation arménienne vivait son agonie, lorsqu'à la suite de la proclamation de la constitution, elle crut enfin pouvoir respirer (1908).

Les Arméniens n'avaient jamais nourri de desseins politiques; la sécurité de leur vie, de leur honneur, de leurs biens, la possibilité de travailler et de jouir du fruit de leur travail, le droit de conserver leur culture nationale formaient, comme ils la forment encore aujourd'hui, leur seule ambition. Les Jeunes-Turcs (Comité Union et Progrès) qui voulaient délivrer leur pays des mains d'Abdul-Hamid, ne pouvaient pas ne pas respecter des droits aussi élémentaires, des désirs aussi modestes. Ils en avaient pris, vis-à-vis du comité révolutionnaire arménien Daschnaktzoutioun, l'engagement solennel (entente de Paris, décembre 1907). A défaut d'une garantie meilleure, le rétablissement de la constitution, loyalement appliquée, avait été mis à la base de leur entente.

On sait comment cette constitution déçut les espérances qu'on avait placées sur elle. Ce n'est pas ici le lieu d'en rechercher les motifs. Les épouvantables massacres d'Adana, avec leur cortège accoutumé de pillage, de viols, d'outrages de toute sorte, montrèrent que le fanatisme religieux n'avait rien perdu de sa force sous le régime constitutionnel. Plus de 20.000 Arméniens de tout âge, enfants, vieillards, femmes, furent tués à Adana et dans les environs. Tous ceux qui avaient cru pouvoir vivre en Turquie sous un régime de justice et d'égalité, renoncèrent vite à cet espoir. Dans l'Arménie proprement dite, il n'y eut pas d'extermination en masse; mais les assassinats, les pillages fleurirent grâce à l'impunité accordée à leurs auteurs et érigée en système politique. Les Arméniens commencèrent de nouveau à émigrer (1910-1912). Le Gouvernement Jeune-Turc ne s'en émut pas. Il voyait ses désirs exaucés.

Mais le vide si désiré par les hommes d'État ottomans ne s'est pas encore fait. En dépit des massacres, du pillage et des entreprises sans nombre pour chasser et pour déposséder les Arméniens de leurs terres, ceux-ci forment encore aujourd'hui, au moment précis où s'ouvre le nouveau la question d'Orient dans toute son ampleur et où la question arménienne se pose devant la conscience du monde civilisé, la nationalité la plus importante dans toutes ces provinces aussi bien par leur nombre que par leur puissance économique, leur culture intellectuelle et leur aptitude au travail. Ils restent l'unique élément de civilisation dans ces contrées où une administration qu'on ne saurait qualifier a apporté la désolation.

CHAPITRE II

Statistiques : La population, le commerce, l'industrie, l'instruction publique.

La population.

Entre le nombre de 2.100.000 que s'attribuent actuellement les Arméniens de la Turquie, dont 1.018.000 dans l'Arménie turque proprement dite (Annexe J), et celui de seulement de 1.100.000 qu'avoue le gouvernement ottoman, dont 600.000 dans l'Arménie turque, l'écart est considérable.

En l'absence de statistiques, on est réduit à utiliser toutes les informations que l'on possède à ce sujet, pour arriver à savoir de quel côté est la vérité.

Nous allons essayer de réunir ici ces informations en les contrôlant par certaines données dont la certitude est acquise.

Avant la guerre russo-turque, les populations arméniennes formaient encore, en dépit de toutes les persécutions, des masses très compactes dans l'éyalet d'Erzeroum. La guerre terminée, le Gouvernement morcela cette région pour en former les vilayets de Van, d'Erzeroum, de Bitlis, de Mamouret-ul-Aziz en rattachant à ces vilayets des districts peuplés exclusivement de musulmans. Il voulait par là réduire partout en minorité l'élément arménien. Dans la Roumélie, le Gouvernement turc s'était livré au même jeu à l'égard des Bulgares et des Grecs.

La superficie moyenne des vilayets d'Anatolie est d'environ 100.000 kilomètres carrés : Bassora, 138.000 kilomètres carrés ; Bagdad, 141.000 kilomètres carrés ; Moussoul, 91.000 kilomètres carrés. Or, la superficie moyenne des nouveaux vilayets est à peine de 35.000 kilomètres carrés ; Bitlis, 29.000 kilomètres carrés ; Mamouret-ul-Aziz, 37.000 kilomètres carrés ; Van, 47.000 kilomètres carrés. Ce morcellement inusité témoigne des difficultés que rencontra le Gouvernement turc dans sa tâche.

La dispersion des Arméniens par les persécutions, l'usurpation de leurs terres et par les massacres, l'installation dans les villages arméniens de Kurdes et d'émigrés Tcherkesses, ont été complétées par ces délimitations artificielles.

En 1880, à l'époque où la question arménienne fut mise sur le tapis, le Gouvernement turc publia une statistique établissant que les Arméniens formaient une minorité insignifiante, aussi bien dans l'Arménie turque qu'en Cilicie. Dans les neuf vilayets suivants : Alep, Adana, Trébizonde, Erzeroum, Van, Bitlis, Diarbékir, Mamouret-ul-Aziz et Sivas, il y avait, d'après cette statistique, une population totale de 4.629.375 habitants ainsi répartis :

Musulmans : 3.619.625.

Arméniens : 726.750.

Autres chrétiens : 283.000.

Le consul britannique Trotter s'est servi de ces chiffres en les augmentant d'environ 25 % et quelques auteurs (1) ont adopté, à leur tour, ceux de ce fonctionnaire. Il convient de s'y arrêter pour savoir quel est le degré de créance qu'ils méritent.

Point n'est besoin de dire que, pour publier cette statistique, le Gouvernement ne s'est livré à aucun travail sérieux de recensement. Pas de doute, non plus, qu'il n'ait évalué le nombre des Arméniens aussi bas qu'il a cru pouvoir se permettre ; et quel scrupule pouvait arrêter, dans l'altération du chiffre vrai d'une population, un Gouvernement qui n'a pas hésité à tenter de supprimer cette population elle-même.

Il faut prendre d'ailleurs en considération que si, à cause du service militaire, qui était alors obligatoire pour les Musulmans, le Gouvernement turc pouvait posséder le chiffre, plus ou moins exact, de cette population, il lui était impossible de connaître le chiffre des non musulmans, parce que ces derniers, pour se soustraire au « bédéli askéri », dissimulaient leur nombre dans une proportion que des personnes bien informées, estimaient être de moitié au moins. On peut donc affirmer, sans dépasser les limites de la vraisemblance que, dans les neuf vilayets de l'Anatolie, le nombre des Arméniens, en 1880, était au moins le double de celui indiqué par le Gouvernement turc.

D'après la statistique publiée par le Patriarcat, en 1882, le nombre des Arméniens en Turquie, était de 2.660.000, dont 1.680.000 dans les six vilayets arméniens (Annexe I).

Y a-t-il exagération dans ce chiffre ? Nous sommes convaincus qu'il est aussi au-dessous de la vérité. En voici la démonstration officielle.

En 1884, pour rembourser les dettes contractées par le couvent arménien de St-Jacques, de Jérusalem, le Gouvernement turc, sur la

---

(1) Le major Trotter donne, pour les neuf vilayets, les chiffres suivants : Musulmans, 4.450.000 ; Arméniens, 908.000 ; autres chrétiens, 350.000. D'après Vital Cuinet (La Turquie d'Asie), il y avait, dans les neuf vilayets, en 1890 : Musulmans, 4.450.000 ; Arméniens, 840.000 ; autres chrétiens, 630.000. Zélinof donne les mêmes chiffres pour les Musulmans, mais il évalue les Arméniens à 913.000 ; le professeur Supan (Petermann's Mitteilungen, 1896, 42. Band), à 914.000 ; le professeur turcophile Vambéry (Deutsche Rundschau, Februar 1896), à 1.130.000 ; Lynch (L'Arménie), à 1.058.000.

demande du Patriarcat, majora de 3 piastres le « bédéli askéri » des Arméniens.

Cet impôt additionnel produisit 15.000 Lt payées par 50.000 contribuables arméniens. Si on évalue à 200.000 le nombre de ceux qui, ayant moins de 15 ans ou plus de 60 ans, ne sont pas assujettis à cet impôt, le nombre des Arméniens atteint 700.000, et ce chiffre doit être porté au double. En effet, dans le mazbata du budget 1296, élaboré par le Conseil des ministres et publié dans le *Salnamé* de 1298 (Annexe L), il est prévu, comme rendement annuel de cet impôt, la somme de 462.870 Lts, pour toute la Turquie. Le Conseil des ministres ajoute qu'en évaluant la population mâle non musulmane, dans l'Empire ottoman, au minimum à 4.000.000, le rendement annuel devrait être le double ; ce qui signifie que l'État n'arrivait pas à percevoir cet impôt de la moitié de ses sujets non musulmans.

Comme on le voit, le Conseil des ministres, dans ce calcul, estime implicitement que le nombre des personnes mâles âgées de moins de 15 ans et de plus de 60 ans, représente la moitié de la population mâle non musulmane. En calculant, sur la même base, le nombre de la population arménienne, on trouve, qu'en 1884, il dépassait 3 millions.

On ne peut pas nous objecter que nous ne tenons pas compte des massacres de 1895-1896, de ceux d'Adana, des émigrations. En évaluant le chiffre actuel des Arméniens en Turquie à 2.100.000, non seulement nous ne prenons pas en considération l'accroissement dû aux naissances pendant ces trente dernières années, mais nous faisons une réduction d'environ 900.000 sur le nombre d'avant trente ans.

Il ressort de l'analyse de la dernière statistique du Patriarcat que, dans l'Arménie turque, l'élément arménien forme environ le 39 % de la population totale, alors que l'élément turc n'en représente que le 25 %, et l'élément kurde, même réuni aux autres races, supposées ses parentes, telle que les Kizilbaches, les Zazas (1), etc., le 24,5 %.

Au point de vue de la nationalité, les Arméniens forment donc la majorité vis-à-vis des Turcs et des Kurdes, respectivement. Le Gouvernement turc, pour démontrer que l'élément arménien est en minorité, le met en face des Turcs et des Kurdes réunis, en faisant valoir que ces derniers sont tous les deux de religion musulmane. La religion n'a rien à faire dans les questions de nationalité et le calcul fantaisiste du Gouvernement turc ne saurait être admissible.

---

(1) Les Zazas sont considérés, à tort, selon nous, comme des races kurdes. Les Zazas sont des Arméniens convertis à l'islamisme. On retrouve dans leur langage un grand nombre de mots arméniens, tels que : « ardjidj » (plomb), « gochgar » (cordonnier), etc.

Leurs mœurs en témoignent aussi. Ils portent sur leur calpak le signe de croix. Dans leur famille, on fait, sur les pains préparés à la maison, le même signe. Nous pourrions multiplier ces preuves.

Commerce et Industrie.

L'importance d'une population se mesure, non seulement à son nombre, mais aussi, et surtout, à sa puissance économique, à son degré de culture.

A ce double point de vue, l'élément arménien représente, en importance, bien au-delà de la moitié de ces six vilayets.

Pour se former une idée de la puissance économique de l'élément arménien dans l'Arménie turque, nous présentons la statistique commerciale et industrielle du vilayet de Sivas, que nous avons pu établir aussi exactement que possible (Annexe M).

Le vilayet de Sivas est pour ainsi dire le moins arménien des six vilayets, et pourtant, on voit que toute son activité commerciale et industrielle est due, presque exclusivement, aux Arméniens.

Commerce : Dans l'importation, sur 166 négociants en gros, 141 sont arméniens contre 13 turcs et 12 grecs ; dans l'exportation, sur 150 négociants, 127 sont arméniens et 23 sont turcs. Sur les 37 banquiers ou capitalistes, 32 sont arméniens et 5 seulement turcs. Sur 9.800 boutiquiers et artisans, 6.800 sont arméniens et 2.550 seulement sont turcs, et 450 de différentes nationalités.

Industrie : L'industrie indigène présente le même tableau.

Sur 153 fabriques et minoteries, 130 appartiennent à des Arméniens, 20 à des Turcs et 3 (fabriques de tapis) à des sociétés étrangères ou mixtes. Le personnel technique de toutes les fabriques et minoteries est exclusivement composé d'Arméniens. Le nombre des ouvriers qu'elles occupent, s'élève à 17.700, sur lesquels, environ 14.000 Arméniens, 3.500 Turcs et 200 Grecs et autres.

Il est superflu d'ajouter des commentaires à ces chiffres.

Instruction publique.

Tout le monde reconnaît, les Turcs comme les autres, que l'instruction est incomparablement plus avancée chez les Arméniens que chez les Turcs.

Depuis de longues années, le Gouvernement turc prélève sur toute la population, y compris les chrétiens, un impôt spécial pour l'instruction publique, sous forme de centime additionnel sur la dîme (hiséi-méarif). Bien entendu, il l'accapare au seul profit des écoles turques. Les Arméniens entretiennent leurs écoles par leurs seules ressources. Non seulement le Gouvernement turc ne leur accorde aucun secours, mais il met toutes sortes d'obstacles à l'instruction des Arméniens. Tantôt il refuse l'autorisation nécessaire pour l'ouverture d'une école ; tantôt il fait défense aux professeurs arméniens d'y enseigner, sous prétexte qu'ils ne possèdent pas le diplôme de l'État. Sous le régime d'Abdul-Hamid surtout, cette guerre contre les écoles arméniennes était poussée avec le dernier acharnement.

Le Patriarcat arménien a publié la statistique de ses écoles, en 1901 et 1902, aux jours les plus sombres du régime d'Abdul-Hamid, cinq ans après les massacres. A cette date, les écoles dépendant du Patriarcat dans l'Arménie turque, étaient au nombre de 438 avec 36.839 élèves des deux sexes. Dans la Cilicie, il y en avait 90 avec 9.182 élèves. Dans les autres parties de l'Empire, il y en avait 275, avec 35.225 élèves ; soit, en tout, 803 écoles avec 81.226 élèves des deux sexes (Annexe N).

Il convient d'ajouter à ce nombre environ 250 écoles avec 3.000 élèves des deux sexes des communautés arméniennes catholique et protestante. Il faut aussi y ajouter les écoles privées. On arrive ainsi à un total approximatif de 1.200 écoles avec 130.000 élèves des deux sexes. C'est presque incroyable pour cette époque de terreur.

Les Arméniens n'ont pas manqué de mettre à profit la tolérance relative du nouveau régime sous ce rapport. Les écoles arméniennes se sont multipliées, particulièrement dans l'Arménie turque.

Il ressort d'une statistique toute récente, établie par le représentant du Patriarcat à Kharpout que, dans le seul vilayet de Mamouret-ul-Aziz, c'est-à-dire dans les régions de Kharpout, de Malatia, d'Arapguir, de Tchimizgazak, de Tcharsandjak et d'Eguine, le nombre des écoles s'est élevé de 73 à 220, celui des élèves, de 5.858 à 28.500.

D'après le rapport annuel (1912-1913), des Sociétés unies arméniennes, au cours des quatre dernières années, ces Sociétés ont ouvert de leur côté, en Cilicie et dans l'Arménie turque, 102 écoles nouvelles ayant 8.079 élèves des deux sexes. La Société des dames Azkanever a ouvert 36 écoles de filles ayant 3.270 élèves.

Si on prend aussi en considération les écoles des missions étrangères, protestantes et catholiques, on peut affirmer qu'actuellement, il y a dans l'Arménie turque environ 785 établissements arméniens d'instruction avec plus de 82.000 élèves, tandis que les Turcs peuvent à peine y compter 150 écoles avec, environ, 17.000 élèves.

Les Kurdes n'ont pas une seule école.

CHAPITRE III

Le mal : pourquoi le Gouvernement turc est incapable de réaliser les réformes.

Personne ne conteste l'urgence des réformes à apporter dans les provinces arméniennes, et la Turquie moins que personne. Elle paraît être la première à regretter que trente-cinq ans se soient écoulés sans que ces réformes aient été mises à exécution. Cette fois, le Gouvernement turc est bien résolu à les appliquer sans retard. Tout ce qu'il demande à l'Europe, c'est de ne pas en faire un motif d'intervention dans ses affaires et d'atteinte à sa souveraineté.

Il a déjà annoncé son intention d'envoyer en Anatolie une commission. Il demandera le concours des spécialistes étrangers. Il compte réorganiser la gendarmerie. Il vient d'édicter une nouvelle loi des vilayets sur la base de la décentralisation administrative.

Toutes les fois que le Gouvernement turc redoute une intervention européenne, il a recours à ces moyens.

C'est la thèse accoutumée. Elle a vieilli au service des réformes promises aux autres populations chrétiennes de l'Empire. Elle a servi déjà dans la cause arménienne. Lisez plutôt la note d'Abedine Pacha, adressée aux ambassadeurs des six grandes Puissances, à la date du 5 juillet 1880 (Annexe O).

L'envoi d'une commission, loin d'inspirer confiance, est susceptible, au contraire, d'éveiller toutes les inquiétudes. On sait ce que valent ces commissions de complaisance que le Gouvernement turc a toujours envoyées un peu partout, dans les provinces de la Roumélie, en Crète, au Hauran, en Arménie. Depuis un demi-siècle, la Turquie a le concours des spécialistes étrangers sans pouvoir le moins du monde en profiter. Nous avons vu, par l'exemple des vilayets de Roumélie, ce que vaut la gendarmerie turque, et ce dont elle est capable.

Quant à la nouvelle loi sur les vilayets, qui doit inaugurer l'ère du progrès et de la prospérité en Turquie, on n'en connaît pas encore les effets bienfaisants. Tout ce qu'on sait, c'est qu'elle supprime le seul et unique avantage que l'ancienne loi des vilayets concédait aux chrétiens : celui d'avoir dans les conseils généraux des représentants en nombre égal à celui des musulmans (articles 13 et 25. Voir *Young*, vol. 1, pages 38 et 39). En vertu de la nouvelle loi, non seulement les chrétiens ne seront plus en nombre égal avec les musulmans, mais ne seront même pas en état d'y envoyer des délégués proportionnellement à leur nombre. Ce seront les électeurs du second degré, désignés pour les élections de la Chambre des députés, qui nommeront des délégués au Conseil général du vilayet (art. 104). Cela signifie simplement que l'élément arménien y sera privé de toute représentation en dehors de celle que la bienveillance gouvernementale pourra lui accorder à titre de faveur.

Cette loi stipule-t-elle, au moins, que les fonctions publiques seront réparties proportionnellement aux divers éléments de la population ? Nullement. A cet égard aussi, la loi des réformes de 1895 était infiniment plus respectueuse des droits des nationalités en général. Elle prévoyait, pour les chrétiens, une participation proportionnelle aux fonctions publiques (art. 5, 20, 22. Annexe H). Elle disposait aussi que, dans chaque vilayet, les valis (gouverneurs généraux) devaient avoir des mouavins (adjoints) non musulmans. De même, des mouavins non musulmans devaient être nommés auprès des mutessarifs (gouverneurs) et des kaïmakans (sous-gouverneurs), dans les districts où cette mesure serait justifiée par l'importance de l'élément chrétien (art. 1 et 2, Annexe H). Ces garanties ne sont pas maintenues.

Bref, toutes les dispositions tendant à assurer aux chrétiens l'accès des fonctions publiques, se trouvent rigoureusement supprimées dans la nouvelle loi.

Voilà de quelle façon le Gouvernement turc entend, encore aujourd'hui, la protection des chrétiens et l'œuvre des réformes. Il dira pour sa défense, que le régime constitutionnel garantit l'égalité de tous les citoyens ottomans, sans distinction de race et de religion, et rend superflues les dispositions qui pouvaient paraître nécessaires sous un gouvernement autocratique.

Soutenir que la Constitution en Turquie garantit l'égalité des musulmans et des chrétiens paraîtra un peu osé au moment où ce régime est en pleine faillite.

Nous ne parlons même pas de la décentralisation que le Gouvernement prétend avoir réalisée et dont la nouvelle loi n'est qu'une parodie.

A toutes les époques de son histoire, l'Empire ottoman s'est montré incapable d'assurer à ses sujets, musulmans ou chrétiens, sans exception, ce qu'on peut appeler le minimum d'une bonne administration : la sécurité et la justice.

En ce qui concerne les chrétiens, la mauvaise administration a toujours revêtu le caractère de la persécution et de l'extermination. Suivant les exigences politiques du moment, elles se sont exercées tour à tour contre telle ou telle nationalité chrétienne. Elles n'ont pas manqué, ce qui était à prévoir, d'avoir les conséquences les plus désastreuses pour l'État ottoman. Mais ni les soulèvements des populations, ni les démembrements que l'Empire ottoman a dû subir à la suite des guerres malheureuses n'ont pu servir à lui faire modifier ses procédés. Toute l'histoire politique de l'Empire ottoman depuis quatre-vingts ans tient dans ces quelques mots : promettre des réformes aux chrétiens et ne pas les exécuter. La conviction que la Turquie est condamnée à périr de ce mal a, depuis longtemps, en politique, pris la forme d'un axiome. Ajoutons que cet axiome est admis par les Turcs eux-mêmes.

C'est un spectacle peu banal que celui de cet Empire à qui l'Europe a conseillé sans cesse d'adopter les règles des États civilisés, qui reçoit même des avertissements à ce sujet et qui persiste à vouloir vivre dans le mépris des principes les plus fondamentaux de la civilisation, s'entêtant à vouloir périr.

La Turquie apparaît, au seuil du XXe siècle, comme bien décidée à consommer son suicide. On doit se demander si son lamentable aveuglement n'est pas la résultante de causes contre lesquelles aucune bonne volonté ne peut agir. Essayons de les rechercher.

Causes politiques.

Les chrétiens placés sous la domination ottomane n'ont jamais abandonné l'idée de recouvrer un jour leur indépendance. Ils y renonçaient d'autant moins qu'ils ne pouvaient devenir citoyens de l'Empire turc, ni les égaux des musulmans, sans abjurer leur religion. L'abîme était resté toujours ouvert entre conquérants et conquis. Le Gouvernement turc était donc tenu, à l'égard de ses sujets chrétiens, à une politique de suspicion et d'étroite surveillance. Rien de plus naturel qu'il ait systématiquement écarté les chrétiens des fonctions publiques.

Affaiblir les chrétiens dans leur nombre et dans leur puissance économique, les seules forces matérielles dont ils pussent disposer, mettre des entraves à leur culture nationale, l'unique force morale qui pouvait les soutenir, telle a été la politique que les circonstances ont imposée au Gouvernement turc ; les fréquents soulèvements, toujours couronnés de succès, des diverses nationalités chrétiennes lui semblaient une raison de plus de persévérer dans sa politique.

Causes économiques.

L'islamisme ne méprise pas, certes, le travail de l'homme, comme moyen de pourvoir à ses besoins. Mais il prescrit aussi la guerre des conquêtes comme un devoir religieux. Cette guerre comporte le droit de butin. Il y a toute une législation à ce sujet. Les ardeurs et les succès des guerres musulmanes sont dus en partie à l'attrait qu'il exerce. En vertu de la loi du moindre effort, le Turc préfère le métier de guerrier à toutes autres occupations. Il doit à cette préférence ses qualités militaires, mais aussi sa déchéance économique. Les terres et les richesses acquises comme butin de guerre l'ont tenu éloigné de toute activité productrice. Lorsque l'ère des conquêtes a été close, il s'est fait fonctionnaire. L'éloignement dans lequel est tenu l'élément chrétien des fonctions publiques tient aussi, en partie, à leur accaparement par les musulmans. Certes, il a été aussi un peu cultivateur et artisan, mais avec négligence et dédain. Son effort est resté bien inférieur à celui du chrétien obligé de vivre de son travail et ne comptant que sur lui-même. Le chrétien a fini par devenir, par un âpre labeur, le seul élément producteur dans ce vaste Empire, tandis que le Turc arrivait à connaître la misère. Il la supporte avec cette résignation qui est au fond de tout musulman. La lutte pour le bien-être matériel se trouve endormie dans cette âme. Ce grand ressort de la civilisation lui est inconnu.

Quel est le remède à ce mal ? Il faut habituer le Turc à ne compter que sur lui-même et à gagner sa vie par le travail. On ne peut acquérir cette aptitude qu'avec le temps et au prix de quelques épreuves. C'est ainsi que le Turc pourra lutter avec son concitoyen chrétien d'abord, et plus tard avec les races européennes. Le salut est là. Le Gouvernement n'y songe même pas. Pour maintenir l'hégémonie du Turc, il n'a imaginé rien de mieux que de lui octroyer des faveurs, lui attribuer les places, les emplois et de faire fonctionner la machine gouvernementale — tribunaux et administration — à son profit exclusif. La formule « sans distinction de races ni de religions », qui revient sans cesse sous la plume des rédacteurs des Hatti-Humayoun, est un vain effort pour masquer la vérité trop connue. La plupart des chefs kurdes, possesseurs de plusieurs villages et de nombreux troupeaux, ne le sont devenus que grâce à l'impunité que leur assurait leur qualité de musulman.

Mais ni l'aide de l'administration, ni la partialité des tribunaux n'arrivaient à assurer aux musulmans la possession d'un bien-être supérieur à celui que savaient s'acquérir les chrétiens par un travail incessant. Il fallait alors recourir aux massacres en masse pour ralentir l'activité de l'élément chrétien, pour l'obliger même à quitter le pays, abandonnant ses biens aux musulmans. La question des terres dans l'Arménie turque provient de là. Les massacres en Turquie se présentent donc, non comme des catastrophes accidentelles, mais plutôt comme des phénomènes économiques ne pouvant qu'être bien vus de tout Gouvernement turc.

Causes sociales et religieuses.

La mentalité musulmane est imbue de l'idée de la domination du musulman sur le chrétien, le raya : c'est l'un des principes fonda-

2

mentaux du droit musulman. L'autorité du « chériat » et une pratique séculaire en font un dogme religieux et social, qui ne peut évidemment pas se plier de son propre gré à des méthodes de gouvernement qui en seraient la négation si elles traitaient musulmans et « rayas » sur un même pied d'égalité.

Telles sont les causes puissantes qui rendent le Gouvernement turc incapable d'une administration équitable et impartiale envers les chrétiens. Et il n'y a rien de surprenant que, dans ces conditions, ces derniers aient manqué d'attachement à l'Empire ottoman.

A ces causes de diverses natures, il faut en ajouter une quatrième, d'un ordre différent. La Turquie ne possède pas un seul fonctionnaire pénétré de méthodes modernes d'administration. Sans connaissances scientifiques, ignorant les besoins nouveaux et les idées nouvelles, le fonctionnaire musulman ne comprend rien à la mise en valeur d'un pays tel que la Turquie et n'y songe même pas d'ailleurs.

On s'explique maintenant pourquoi la Turquie n'a pas pu mettre en exécution les réformes qu'elle avait promises et pourquoi les pires désastres ne lui ont nullement servi de leçon. Ce ne sont pas les lois qui manquent à la Turquie. Ce sont les hommes. L'essentiel n'est pas tant de promulguer des nouvelles lois que de bien appliquer celles qui existent. Il s'agit surtout de les appliquer avec un esprit d'impartialité absolue et avec la compréhension des exigences nouvelles. Ce qui fait défaut à la Turquie, c'est une administration en dehors et au-delà des préventions ethniques et religieuses.

CHAPITRE IV

Le remède : Un Vali Européen,
participation des Arméniens aux fonctions publiques,
décentralisation.

Le mal ainsi analysé, le remède se trouve tout indiqué. Il n'y a pas de réformes possibles tant qu'un vali européen ne sera pas placé à la tête des provinces arméniennes. Cette condition essentielle doit être mise à la base des réformes à introduire dans l'Arménie turque. C'est aussi le seul moyen d'inspirer confiance à tous, aux musulmans aussi bien qu'aux Arméniens.

Cette mesure ne peut soulever aucune objection sérieuse. Le souci de sauvegarder le prestige du Gouvernement turc aux yeux de ses populations est sans portée. Ces populations sont suffisamment désenchantées sur le compte des valis qu'elles ont eus jusqu'ici pour souhaiter sincèrement l'arrivée d'un homme apte à leur procurer le progrès dont elles sentent le besoin, cet homme fût-il un étranger, pourvu qu'il soit engagé à titre de fonctionnaire ottoman. Leur patriotisme est ainsi sauvegardé.

Incontestablement l'Europe devrait être consultée sur le choix du vali. Elle devrait l'être en vertu du dernier paragraphe de l'article 61 du Traité de Berlin qui oblige le Gouvernement turc à porter à sa connaissance les réformes exécutées.

On peut soutenir que cette disposition n'implique pas pour la Porte l'obligation de demander l'avis de l'Europe. Cette interprétation nous paraît peu conforme à l'esprit général de l'article 61. Si on doit s'en tenir à la lettre de cet article, cette disposition serait un non sens.

Les Puissances, en effet, ont toujours eu à leur disposition assez de moyens d'information pour qu'elles n'aient pas jugé utile de stipuler que le Gouvernement ottoman les tiendrait au courant de réformes qu'il appliquerait dans l'Arménie turque. Cette stipulation visait donc toute aute chose qu'une simple communication matérielle. Elle signifie que la Porte se maintiendra toujours, pour tout ce qu'elle fera dans les provinces arméniennes, en contact avec les Puissances. Et pourquoi maintiendrait-elle ce contact si ce n'est pour agir d'accord avec elles ? Telle est, sans contestation possible, la portée et la signification exacte de l'article 61 et, dès lors, en consultant les Puissances sur le choix du fonctionnaire qu'elle appellera à la tête de ses provinces, la Turquie ne fera en réalité, que se conformer à l'esprit de ce texte.

Au surplus, les Puissances ont été toujours de cette opinion. Voici en quels termes s'expriment à ce sujet, les ambassadeurs de France, de la Grande-Bretagne et de Russie dans leur note verbale du 12 octobre 1895 :

« C'est dans cette confiance que les ambassadeurs de France, » de la Grande-Bretagne et de Russie croient pouvoir le mieux servir » les intentions manifestées par la Sublime Porte en se réservant » de lui signaler, *lors de leur désignation*, les fonctionnaires dont » les antécédents et le caractère ne sembleraient pas répondre au » conditions indiquées comme nécessaires par le Gouvernement » ottoman lui-même. » (Annexe P.)

Nous ne parlons pas de la liberté d'action qui doit être réservée au vali. Elle doit être entière. Si la nomination d'un vali européen signifie une confiance dans les aptitudes de ce haut fonctionnaire pour mener à bonne fin l'œuvre difficile des réformes, il est évident qu'on doit pendant un délai convenable lui laisser sa pleine liberté d'action, son indépendance. Ce délai peut être plus ou moins long ; mais une complète liberté d'action doit être accordée au vali. Par là, nous entendons le droit absolu pour lui de choisir ses collaborateurs, de nommer et de destituer les fonctionnaires et les juges de tous ordres ; celui d'élaborer et de mettre en vigueur des règlements d'administration pour assurer l'exécution des lois ; le droit enfin de disposer de la force publique.

Souvent le Gouvernement turc a pris à son service des Européens. Jamais il n'a su mettre à profit leur savoir, parce qu'il a refusé de leur accorder la liberté d'action nécessaire.

Dans leur note collective du 7 septembre 1880 dont nous avons déjà parlée (Annexe E), les ambassadeurs des six grandes Puissances s'expriment ainsi :

« Il est inutile d'ajouter que si cette plus grande indépendance » des valis est partout désirable, elle est absolument nécessaire » dans les provinces habitées par les Arméniens. »

L'un des griefs formulés par les Arméniens est qu'ils ont été systématiquement écartés des fonctions administratives et judiciaires en dépit des assurances que la Porte n'a cessé de donner dans toutes les occasions. Il n'est guère contestable que l'égalité entre musulmans et chrétiens doit se manifester dans leur admission aux fonctions publiques (administration, justice, gendarmerie, police). C'est là un droit que le Gouvernement turc n'a jamais contesté mais qu'il ne s'est pas soucié de respecter. Dans toute l'Arménie turque il n'y a pas un seul vali ou muttessarif arménien, un seul président de tribunal ou procureur arménien. Il est indispensable d'assurer la participation des Arméniens aux fonctions publiques.

Enfin tout le monde est d'accord pour reconnaître la grande part qu'a eue le système de centralisation à outrance dans la ruine de

l'Empire. Les ambassadeurs des six grandes Puissances la signa-
laient dans leur note collective du 7 septembre 1880. Le Gouvernement turc, aussi bien sous le règne d'Abdul-Hamid que sous le
régime constitutionnel, est resté attaché à ce système. Dans ces
derniers temps, l'opinion publique turque est devenue favorable au
système de décentralisation. Mais malheureusement aucun changement n'est survenu dans les idées des dirigeants turcs. La nouvelle
loi sur les vilayets, malgré quelques concessions insignifiantes,
faites pour tromper l'Europe, maintient toutes les règles de centralisation et ne donne aucune satisfaction aux légitimes aspirations
des populations des provinces. Il n'y a rien à attendre de cette loi.

En résumé, les réformes dans les provinces arméniennes consis-
teraient dans l'adoption des trois mesures suivantes :

1° *Nomination d'un vali européen, choisi sur l'avis des Puissances,
et possédant toute la liberté d'action nécessaire* ;

2° *Participation des Arméniens dans une juste mesure aux fonctions publiques* ;

3° *Décentralisation administrative.*

Ce sont là les trois conditions *sine qua non* auxquelles un Gouvernement, sincèrement animé du désir d'améliorer le sort des
Arméniens, de même que celui des Turcs et des Kurdes qui habitent
ces vilayets, ne pourrait refuser de souscrire.

La perte de la Roumélie et les excès commis sur la population
musulmane ont créé chez celle-ci un sentiment de vengeance contre
les chrétiens, bien compréhensible, et dont les Arméniens seront
seuls à supporter les terribles explosions. Déjà en ce moment, des
menaces de massacres sont répandues contre les Arméniens dans
toute l'Anatolie. La nomination d'un vali européen peut, seule, arrêter
le mouvement.

Un vali européen à la tête de quelques provinces ottomanes ne
signifie ni « séparation », ni « autonomie » ni même « régime particulier ».

On a suggéré l'idée de garder le vali turc et de lui donner des
conseillers européens. C'est une conception bâtarde qui ne peut
donner aucun bon résultat. C'est le système des compétitions, des
frottements et des compromis. C'est la Macédoine sous Hilmi Pacha.

On a parlé aussi de contrôle européen. Tout cela est vain. Il faut
porter le remède là où se trouve le mal ou renoncer à l'espoir de le
guérir. Un Européen comme chef du pouvoir ou rien. Nous pensons
qu'en dehors de la solution que nous proposons, il n'y a aucune
chance de voir les réformes aboutir.

En Turquie, chaque fois qu'on a parlé de réformes, la question
d'exécution a été envisagée aussitôt. Toutes les fois que l'Europe
a tenu sérieusement à cette exécution, elle en a déterminé les condi-

tions. Dans aucun cas elle ne l'a confiée au Gouvernement turc lui-même.

D'ailleurs, un nouvel obstacle a surgi aujourd'hui. La haine des partis divise le monde turc en deux camps d'ennemis irréconciliables. La paix signée, forcément la Turquie va traverser une crise intérieure dont on aperçoit en ce moment les signes précurseurs. Il est impossible de prédire quelles en seront les conséquences. On peut néanmoins affirmer, sans crainte d'être démenti par les événements, que la question des réformes arméniennes en souffrira inévitablement. La nomination d'un vali européen présentera cet avantage que les dissensions intérieures ne pourront pas troubler l'administration de ces provinces, ni interrompre l'œuvre de leur régénération.

CHAPITRE V

L'Europe et les Arméniens.

La question arménienne ne se pose pas devant l'Europe comme une simple question humanitaire. Elle constitue la suite naturelle, en Anatolie, de cette question de la Perse, où la Russie, la Grande-Bretagne et l'Allemagne se guettent et s'épient anxieusement.

Le massif montagneux qui s'appelle l'Arménie turque commande, au sud, toute la région qui s'étend vers le golfe Persique, à l'ouest, celle qui mène à la Méditerranée ; d'un côté c'est Bagdad et Bassora, de l'autre Mersine et Alexandrette, les deux points terminus d'une route mondiale d'une importance sans égale, à travers une contrée unique par sa fertilité à juste titre légendaire.

Quel que soit le sort que réserve l'avenir à cette contrée, la population arménienne apparaît comme devant y jouer un rôle important, parce qu'elle est le seul élément d'ordre et de civilisation sur lequel on puisse compter. En dépit de la Turquie qui avait entrepris son extermination et de l'Europe qui l'avait abandonnée, la voici plus vivante que jamais, bien résolue à défendre son existence. Elle a versé trop de sang pour n'avoir pas le droit de demander que les spéculations politiques n'aillent pas jusqu'à l'abandonner plus longtemps à un régime de persécutions et de massacres.

Personne n'y gagnerait, d'ailleurs. La Turquie, tout d'abord, y trouverait sa fin. Voudrait-elle enfin ouvrir les yeux à la vérité ? On n'oserait l'espérer. Les Arméniens ont été toujours ses loyaux sujets. Toutes les fois que le Gouvernement s'est montré bienveillant à leur égard, si peu qu'il l'ait fait, ils ont répondu par le plus entier dévouement, ils ont fait plus que leur devoir. L'exemple qu'ils ont donné en Perse est à méditer. Une poignée d'Arméniens ont fait à ce pays un rempart de leur corps. En Turquie, pendant la dernière guerre, ils ont été au feu sans hésiter ; et pourtant ils avaient subi les massacres d'Adana et leurs coreligionnaires continuaient à être l'objet de mille persécutions. Alors qu'ils combattaient aux premiers rangs de l'armée, les Kurdes enlevaient leurs femmes et leurs filles pour les convertir à l'islamisme et cela avec le concours du Gouvernement. Il faut que les Turcs comprennent que ces abominations doivent cesser et qu'il est de leur intérêt de rendre aux Arméniens la vie possible dans l'Empire ottoman. En 1878, la Turquie fut mieux inspirée quand elle songea, un instant, à faire de ce petit peuple le gardien de sa frontière de l'est.

Quant à la Russie, elle serait dans l'erreur si elle croyait qu'en contribuant à l'amélioration du sort des Arméniens en Turquie, elle risquerait d'éveiller des espérances politiques parmi ses populations arméniennes du Caucase. Cette erreur, elle l'a déjà commise : c'est ainsi, et la chose a pu paraître surprenante, qu'après avoir été la première à prendre en mains la cause des Arméniens par le traité de San Stéfano, elle ait assisté impassible aux massacres de 1895. Visiblement, les agissements des partis révolutionnaires arméniens l'avaient indisposée. Le Gouvernement russe redoutait qu'ils n'allumassent chez elle le même incendie ; c'est qu'il avait quelque peu méconnu le caractère de leurs tendances. Il est vrai qu'en Russie, les partis arméniens avaient défendu quelques idées avancées. Mais leurs vœux n'avaient jamais dépassé ceux de la jeunesse russe. En temps qu'Arméniens, ils n'ont jamais manqué de loyalisme à l'égard de la Russie. On n'a jamais pu les accuser de nourrir des idées séparatistes. Leurs aspirations mêmes au sujet de l'avenir de la Russie sont une preuve de leur attachement à ce pays. En outre, en Russie, de même qu'en Turquie, les Arméniens sont entourés de populations musulmanes assez nombreuses. Les Arméniens peuvent leur servir de contrepoids : il serait imprudent de laisser disparaître un élément d'équilibre aussi précieux.

Depuis trois ans, le Gouvernement russe semble revenu à une plus juste appréciation des choses. Il a pu se convaincre qu'en travaillant à améliorer le sort des Arméniens de Turquie, il se créerait de nouveaux titres à leur reconnaissance. C'est lui, qui cette fois, encore, a fait, le premier, des démarches auprès de la Porte pour l'avertir que de nouveaux massacres arméniens ne seraient plus tolérés ; les Arméniens de Turquie ne peuvent que savoir gré à la Russie de leur faire oublier la cruelle formule du prince Lobanow : une Arménie sans Arméniens.

Il n'est pas douteux que la France, l'Allemagne et la Grande-Bretagne désirent sincèrement des réformes dans l'Arménie turque. Mais l'Allemagne et la Grande-Bretagne redoutent que leur application ne serve à rendre plus prépondérante l'influence russe dans cette région. Ces deux Puissances hésitent à user de leur influence sur la Porte pour faire nommer un vali européen ; mais de là à supposer qu'elles soutiendraient la Porte dans son refus d'accepter un vali européen, ce serait faire injure à ces Puissances. En tout cas, elles n'auraient pas à se féliciter de cette attitude de la Turquie. Avant qu'il ne se passe longtemps, on se trouvera devant de nouveaux troubles. La répression sera ce qu'elle sera, sans pitié peut-être de la part des Turcs. Quelle qu'elle soit, on aura fourni à la Russie le motif d'une intervention armée et d'une annexion définitive. La Grande-Bretagne et l'Allemagne, en voulant empêcher la prépondérance de l'influence russe, n'auront servi qu'à faire passer les provinces arméniennes sous la domination russe. Quant à la Turquie, on peut se demander où s'arrêteront, à ce moment, les pertes qu'elle aura à subir.

Nous sommes persuadés que les Puissances parviendront aisément à faire comprendre à la Porte que l'exécution des réformes est plus encore de son intérêt que de celui des Arméniens.

En consentant à nommer un vali européen pour ses provinces arméniennes, le Gouvernement ottoman n'aura subi aucune atteinte à sa souveraineté ; quant à la forme sous laquelle l'Europe sera consultée sur le choix à faire, il sera facile de ménager les susceptibilités de la Porte.

Grâce à cette mesure, la Turquie éviterait les secousses qui ne manqueront pas de se produire sur ses frontières de l'est et dont personne ne saurait prévoir les conséquences, si l'état actuel des provinces arméniennes durait quelques années encore. La mise en valeur de cette belle région, les bienfaits d'une administration moderne, la prospérité pour tous les habitants sans exception de cette partie de l'Anatolie, la sécurité pour sa frontière, voilà les profits que la Turquie pourrait recueillir si elle voulait se rendre aux conseils de l'Europe et écouter la voix de la raison.

ANNEXE B

Article 16 du Traité de San-Stéfano.

Comme l'évacuation par les troupes russes des territoires qu'elles occupent en Arménie, et qui doivent être restitués à la Turquie, pourrait y donner lieu à des conflits et à des complications préjudiciables aux bonnes relations des deux pays, la Sublime Porte s'engage à réaliser, sans plus de retard, les améliorations et les réformes exigées par les besoins locaux dans les provinces habitées par les Arméniens, et à garantir leur sécurité contre les Kurdes et les Circassiens.

ANNEXE C

Projet de règlement organique pour l'Arménie turque, présenté au Congrès de Berlin par la Délégation arménienne.

I

L'Arménie turque comprend, conformément à la carte ci-jointe, les vilayets d'Erzeroum et de Van; la partie septentrionale du vilayet de Diarbékir, c'est-à-dire la partie orientale du sandjak de Kharpout (ayant pour frontière, du côté de l'ouest, l'Euphrate), le sandjak d'Arghana et la partie septentrionale du sandjak de Segherte, qui forment la partie turque de l'Arménie Majeure, ainsi que le port de Rizé, entre Trébizonde et Batoum, pour faciliter le commerce et l'exportation.

L'Arménie sera administrée par un gouverneur général arménien, nommé par la Sublime Porte, avec l'assentiment des Puissances garantes. Il aura sa résidence à Erzeroum.

Le gouverneur général sera investi de toutes les attributions du pouvoir exécutif, veillera au maintien de l'ordre et de la sécurité publique dans toute l'étendue de la province, percevra les impôts et nommera sous sa responsabilité les agents administratifs ; il instituera les juges, convoquera et présidera le Conseil général et surveillera tous les rouages administratifs de la province.

Investi de l'autorité pour cinq ans, le gouverneur général ne pourra être révoqué par la Sublime Porte, que d'accord avec les Puissances garantes.

Il y aura un Conseil administratif central présidé par le gouverneur général et qui aura pour membres : 1º le directeur des Finances ; 2º le directeur des Travaux publics ; 3º un conseiller légiste ; 4º le commandant de la force publique ; 5º l'inspecteur des écoles chrétiennes et 6º l'inspecteur des écoles musulmanes. Ce dernier sera nommé par le gouverneur général sur la présentation du chef de la magistrature du Chéri dans la province.

La province sera divisée en *sandjaks*, et ceux-ci seront subdivisés en *cazas*. Les gouverneurs des sandjaks et les sous-gouverneurs des cazas seront nommés par le gouverneur général.

Les gouverneurs et les sous-gouverneurs sont des agents délégués par le gouverneur général et le représentent en tout dans les subdivisions de la province. Ils sont aidés dans leur administration par deux conseillers désignés par le gouverneur général.

II

Le maintien de l'ordre et de la sécurité publique étant à la charge du gouvernement général de la province, une somme équivalente au 20 % des revenus généraux de la province sera versée annuellement au ministère impérial des Finances.

. Après prélèvement, sur le reste des revenus de la province, des frais nécessités par l'administration civile et judiciaire et l'entretien de la gendarmerie et de la milice, l'excédent sera employé ainsi qu'il suit :

1° 80 % seront affectés à l'établissement et à l'entretien des voies de communication et d'autres travaux d'utilité publique ;

2° 20 % seront consacrés à l'établissement et au maintien des écoles. Déduction faite des sommes affectées aux écoles supérieures, le restant sera distribué, à titre de subvention, entre les écoles musulmanes et chrétiennes en proportion de la population sédentaire de chaque culte.

III

Il y aura un chef de la magistrature musulmane, nommé par S. M. le Sultan, qui aura l'inspection de tous les tribunaux du Chéri fonctionnant dans la province.

Les tribunaux du Chéri ne connaîtront que des contestations entre musulmans.

Tous les procès civils, criminels et commerciaux entre chrétiens ou entre musulmans et chrétiens seront jugés par les tribunaux ordinaires. Ces tribunaux seront composés chacun de trois juges dont l'un sera appelé à exercer la fonction de président. Le gouverneur général nomme les juges et désigne . les présidents de ces tribunaux.

La justice de paix est rendue par le sous-gouverneur du caza et ses conseillers.

Des règlements spéciaux détermineront le nombre, la compétence et les attributions des tribunaux du chéri, des tribunaux ordinaires et des juges de paix. Un code civil et un code criminel seront élaborés conformément aux principes modernes de la justice en Europe.

IV

Il y aura une entière liberté de culte.

L'entretien du clergé, aussi bien que celui des établissements religieux, sera à la charge de chaque communauté.

V

La force publique de la province s'appuie : 1° sur une gendarmerie ; 2° sur une milice.

La milice sera composée, à l'exclusion des Kurdes, Circassiens et autres populations nomades : 1° des Arméniens ; 2° de l'élément non arménien, domicilié dans la province depuis cinq ans.

La gendarmerie s'occupe du maintien de l'ordre et de la sécurité dans toute l'étendue de la province.

Elle est commandée par un chef de gendarmerie, nommé par le gouverneur général sur la proposition du commandant général de la force publique de la province, et placé sous ses ordres immédiats.

La milice est placée sous les ordres du commandant général de la force publique, et a pour mission, en cas de besoin, d'appuyer la gendarmerie.

En temps ordinaire, le service actif de la milice se composera de 4.000 hommes sous les armes, sans préjudice des garnisons de troupes régulières que le Gouvernement impérial voudrait placer, à ses frais, dans les forteresses et les places fortes de la province.

VI

La formation du Conseil général aura lieu ainsi qu'il suit :

Chaque caza enverra deux délégués, un musulman, un arménien, élus respectivement par la population musulmane et chrérienne du caza.

Ces délégués réunis au chef-lieu du sandjak éliront ensemble deux conseillers par sandjak, un chrétien, un musulman.

Sont électeurs et éligibles aux deux degrés :

1° Tous les habitants de la province âgés de plus de 25 ans, possédant une propriété ou payant une contribution directe quelconque ;

2° Le clergé et les ministres des différents cultes ;

3° Les professeurs et maîtres d'école. Les chefs des communautés religieuses reconnues seront, de droit, membres de ce Conseil, un pour chaque religion.

Le Conseil général est convoqué une fois par an en session au chef-lieu de la province pour examiner et contrôler le budget de la province et la répartition des impôts. Un compte rendu financier annuel devra lui être présenté par le gouverneur général.

Le système de perception et de répartition des impôts sera modifié en vue de faciliter le développement des richesses du pays.

Le gouverneur général et le conseil général fixeront d'un commun accord tous les cinq ans les sommes à remettre à la Sublime Porte conformément aux dispositions ci-dessus énoncées.

VII

Une commission internationale sera nommée pour un an par les Puissances garantes, afin de surveiller à l'exécution de ce règlement qui devra être mis en vigueur dans les trois mois de la signature du Protocole.

ANNEXE D

Article 61 du Traité de Berlin.

La Sublime Porte s'engage à réaliser sans plus de retard les améliorations et les réformes qu'exigent les besoins locaux dans les provinces habitées par les Arméniens, et à garantir leur sécurité contre les Circassiens et les Kurdes. Elle donnera connaissance périodiquement des mesures prises à cet effet aux Puissances qui en surveilleront l'application.

ANNEXE E

Note collective adressée à la Porte.

Constantinople, le 7 septembre 1880.

MONSIEUR LE MINISTRE,

Les Soussignés ont reçu la note en date du 5 juillet dernier, par laquelle la Sublime Porte a répondu au paragraphe de leur communication du 11 juin, relatif aux améliorations et aux réformes administratives que le Gouvernement ottoman s'est engagé, par l'article LXI du Traité de Berlin, à introduire dans les provinces habitées par les Arméniens. Une étude attentive de ce document leur a prouvé que les propositions formulées par le Gouvernement ottoman ne répondent ni à l'esprit ni à la lettre de cet article. Les Puissances représentées par les Soussignés n'ignorent pas que le Gouvernement ottoman a envoyé deux Commissions dans les provinces habitées par les Arméniens ; mais elles ont des raisons de penser que ces missions n'ont abouti à aucun résultat, et la Porte, contrairement aux obligations résultant pour elle de l'article LXI, s'est abstenue de les porter à leur connaissance.

Rien ne prouve qu'une amélioration quelconque ait été introduite dans l'administration de la justice. De nombreux rapports consulaires établissent, au contraire, que la situation actuelle, au point de vue de l'indépendance des Tribunaux civils ou criminels est aussi peu satisfaisante, sinon pire, que par le passé.

En ce qui concerne la gendarmerie et la police, la note du 5 juillet affirme que la Porte a invité plusieurs officiers spéciaux à présenter des projets de réforme de ces deux services. Les Puissances n'ont pas eu connaissance de ces deux projets, et le Gouvernement ottoman n'est même pas en état d'affirmer qu'ils lui aient été présentés.

Les Soussignés ne sauraient donc admettre que la réponse de votre Excellence ait donné la moindre satisfaction aux plaintes formulées dans leur note du 11 juin. Ils se croient d'ailleurs d'autant plus autorisés à réduire à leur juste valeur les efforts tentés à ce point de vue par le Gouvernement ottoman, que la Porte, à en juger par cette même réponse, se rend évidemment un compte moins exact de la situation et des obligations que lui impose le Traité de Berlin.

Les termes mêmes dans lesquels la Sublime Porte a cru pouvoir s'expliquer sur les crimes commis, ou signalés comme ayant été commis, dans les provinces habitées par les Arméniens, prouvent qu'elle se refuse à reconnaître le degré d'anarchie qui règne dans ces provinces, et la gravité d'un état de choses, dont la prolongation entraînerait, selon toute vraisemblance, l'anéantissement des populations chrétiennes dans de vastes districts.

La note du 5 juillet ne formule aucune proposition sérieuse tendant à mettre un terme aux excès des Circassiens et des Kurdes. Il est cependant à craindre que ces excès ne puissent être prévenus par l'application des lois communes. Des mesures de rigueur exceptionnelles peuvent seules mettre un terme à des violences qui, sur plusieurs points des provinces désignées par l'article LXI, sont un perpétuel danger pour les biens, l'honneur et la vie des Arméniens.

Par l'article LXI du Traité de Berlin, la Porte s'est engagée « à réaliser sans plus de retard les améliorations et les réformes qu'exigent les besoins locaux dans les provinces habitées par les Arméniens ». Les Soussignés ont le regret de constater que les réformes générales indiquées par la note du 5 juillet ne tiennent aucun compte des « besoins locaux » que signale l'article précité. Les Puissances accueilleront sans doute avec satisfaction l'introduction de larges réformes dans toutes les parties de l'Empire ottoman ; mais elles tiennent avant tout à l'entière exécution du Traité de Berlin, et elles ne peuvent admettre que la Porte se considère comme libérée des engagements qu'elle a contractés de ce chef en proposant une réorganisation dans laquelle ne figure aucune des réformes spéciales stipulées au profit des provinces spécifiées par ce même Traité. Le caractère particulier de ces provinces étant, d'ailleurs, la prédominance de l'élément chrétien, dans des districts d'une grande étendue, toute réforme qui ne tiendrait pas compte de ce fait ne saurait aboutir à un résultat satisfaisant.

Les Soussignés estiment qu'il est également indispensable de tenir compte d'une autre particularité que présentent ces mêmes provinces. La Porte paraît vouloir appliquer un même règlement aux Arméniens et aux Kurdes. Il convient, avant tout, de les séparer administrativement, autant que cela est pratiquement possible, vu l'impossibilité absolue de régir de la même manière les populations sédentaires et des tribus à demi nomades. La distribution des communes et des groupes administratifs en général, devrait par suite, se faire de façon à réunir le plus d'éléments homogènes possibles ; elle devrait tendre à grouper les Arméniens ou, au besoin, les Arméniens et les Turcs, en excluant les Kurdes. Par suite encore l'élément Kurde nomade, vivant dans les montagnes et ne descendant dans les plaines habitées par les chrétiens que pour y porter le désordre, ne devrait pas être compris dans les relevés statistiques qui détermineront la majorité des habitants dans chaque commune.

On peut supposer que la Sublime Porte a vu dans l'organisation communale proposée par la note du 5 juillet, le moyen de créer des groupes administratifs du premier degré dans lesquels la grande majorité des habitants appartiendrait à la même religion. Rien n'indique toutefois dans ce document que la Porte s'engage à appliquer ce principe.

Les Soussignés constatent avec satisfaction que le chef d'une commune, dans l'organisation projetée, doit appartenir à la communauté religieuse prépondérante ; mais l'absence d'une disposition analogue s'appliquant aux fonctionnaires d'un rang plus élevé, prouve jusqu'à l'évidence que les réformes proposées ne tiennent pas un compte suffisant des « besoins locaux » des provinces désignées par l'article LXI.

Le Gouvernement ottoman déclare « qu'il a déjà admis aux fonctions publiques des personnes honnêtes et capables, sans distinction de culte, et que désormais ce fait recevra une application plus large encore ». Cette déclaration est extrêmement vague, et les Soussignés pensent qu'il est d'autant plus nécessaire d'insister sur ce point que les Arméniens affirment que, dans les provinces où ils se trouvent en très grand nombre, il n'y a presque pas d'Arméniens dans les fonctions publiques. Leurs réclamations à cet égard paraissent d'autant plus légitimes qu'il pourrait se faire que la Sublime Porte plaçât à la tête de ces provinces des gouverneurs chrétiens sans qu'il en résultât une plus grande certitude, pour les Arméniens, de rencontrer plus d'équité et plus de justice dans l'administration.

Des mesures d'un caractère beaucoup plus large que celles qu'indique la note du Gouvernement ottoman sont donc nécessaires pour que la Porte s'acquitte des engagements qu'elle a contractés à Berlin.

L'insuffisance des réformes proposées est telle, en général, qu'il semble inutile de discuter les défauts du projet de la Porte. Les observations suivantes toutefois s'imposent en quelque sorte à l'esprit :

En déclarant, en premier lieu, que les administrateurs des communes devront être des fonctionnaires du Gouvernement, choisis par le pouvoir central parmi les membres élus du Conseil communal, au lieu d'être élus par le Conseil communal lui-même, la Porte affirme le principe de la centralisation jusqu'au dernier degré de la hiérarchie administrative.

La Porte a d'ailleurs omis de dire, en ce qui concerne les Administrateurs et les membres des Conseils de commune, s'ils seront nommés à titre viager ou seulement pour un temps. Elle ne dit pas davantage à qui appartiendra le droit de les révoquer de leurs fonctions en cas d'incapacité. Ce droit appartiendra-t-il au Conseil de préfecture qui les nomme ou à une autre autorité ?

La note ottomane, d'autre part, n'établit de distinction entre la gendarmerie communale et la gendarmerie provinciale, ni quant au mode de recrutement ni à d'autres points de vue. La gendarmerie communale ne diffère de l'autre qu'en ce sens qu'elle est placée sous les ordres du chef de la commune. Elle ne se recrute pas dans la commune même, parmi les habitants appartenant au culte prépondérant, et rien ne garantit qu'elle soit spécialement ce qu'elle doit être, c'est-à-dire une force défensive locale.

L'organisation de la gendarmerie provinciale ne répond pas davantage aux besoins locaux des provinces spécialement désignées par l'article LXI ; la clause d'après laquelle elle doit se recruter, en officiers comme en soldats « dans toutes les classes des sujets de l'Empire », est encore du caractère le plus vague. Il serait à désirer que les officiers et les soldats de la gendarmerie provinciale fussent recrutés dans la gendarmerie communale, c'est-à-dire parmi les gardes champêtres qui auront été choisis par les communes elles-mêmes. Ces gardes champêtres chargés de la défense des villages contre les incursions des Kurdes fourniraient à la gendarmerie provinciale un contingent proportionnel à la population de chaque commune. Substituée à l'arbitraire de l'administration provinciale, le principe de l'élection constituerait une garantie sérieuse pour la bonne organisation des forces destinées à assurer la sécurité publique.

La valeur des propositions relatives à la constitution d'une Cour d'assises dépend avant tout des conditions dans lesquelles cette Cour sera constituée, et la note du 5 juillet garde le silence à cet égard. Il paraît nécessaire de tenir compte de la prédominance de l'élément arménien dans certaines provinces et de faire à cet élément une part proportionnelle dans l'organisation de la justice.

Ici encore, d'ailleurs, se pose un certain nombre de questions dont la note ottomane ne laisse pas entrevoir la solution. Les juges seront-ils inamovibles ou désignés pour un temps déterminé ? D'après quelle loi jugeront-ils ? Sera-ce d'après le Chéri ? Sera-ce d'après un autre Code ? Comment les Cours d'assises feront-elles respecter leurs arrêts par les tribus Kurdes semi-indépendantes et tout à fait sauvages ? Cette dernière question prouve surabondamment combien il est nécessaire d'exclure les Kurdes de l'ensemble des réformes destinées aux populations de l'Arménie et de leur donner une administration séparée conforme à leurs mœurs guerrières et primitives. A l'occasion de cette même question des rapports des deux éléments sédentaires et nomades, les Soussignés expriment la conviction que toutes les servitudes ou corvées imposées par les Kurdes aux Arméniens, et qui dérivent, non pas d'un principe de droit, mais d'un abus invétéré, doivent être abolies.

Ils pensent également que le bénéfice de toutes les réformes stipulées au profit des Arméniens devrait équitablement être acquis aux nombreux Nestoriens qui peuplent le centre et le midi du Kurdistan (Caza de Djoûlamerk).

Il est regrettable que le paragraphe relatif au prélèvement d'une certaine somme destinée à subvenir à des besoins locaux tels que l'entretien des écoles, et l'exécution des travaux publics, ne soit pas rédigé en termes plus clairs. On peut admettre cependant qu'il renferme l'idée d'un principe financier d'une certaine valeur et ce principe, dans la pensée des Puissances, se poserait dans les termes suivants. Les taxes se diviseraient en deux catégories : la première, comprenant le produit des droits de douane et de l'impôt sur le sel, serait appliquée aux besoins de l'Empire. La seconde provenant des revenus généraux du vilayet, serait affectée en premier lieu aux services administratifs de la province. Une partie du surplus serait réservée pour les besoins locaux, et le reste envoyé à Constantinople. Si cette interprétation est exacte, la proposition de la note du 5 juillet correspondrait plus ou moins à l'article 19 du projet de réorganisation administrative des provinces de la Turquie d'Europe présenté par la Sublime Porte à l'examen de la Commission européenne de la Roumélie orientale. Elle constitue assurément une réforme sérieuse, en tant qu'elle consacre le principe qu'il doit être tout d'abord pourvu aux dépenses de la province au moyen d'un prélèvement opéré sur une partie du produit des impôts, mais il est essentiel que ce principe soit entouré de garanties identiques à celles adoptées par la Commission des Réformes administratives.

Les Soussignés doivent faire observer, en outre, qu'on ne peut pas affecter à tel ou tel autre usage des revenus qui sont déjà hypothéqués.

Le principe de la décentralisation, si nécessaire dans les provinces habitées par une population professant un culte différend de celui de l'autorité centrale, est traité d'une manière peu satisfaisante dans la note de votre Excellence. Il est impossible de compter sur des réformes efficaces aussi longtemps que la position des Gouverneurs généraux ne sera pas complètement modifiée. La note laisse bien entrevoir que leurs pouvoirs seront étendus et leurs fonctions garanties, mais les assurances d'un caractère aussi général ne sont pas de nature à résoudre le problème. Tant que l'extension des pouvoirs d'un gouverneur général, et de la responsabilité qui semble absolument nécessaire à l'accomplissement de ses devoirs, n'aura pas été nettement stipulée, tant que les garanties formelles n'ont pas été accordées à ce haut fonctionnaire quant à la durée de sa mission, il sera impossible de formuler une opinion sur l'efficacité des réformes proposées. Il est clair, en effet, que les gouverneurs généraux doivent avoir certaines données sur la durée de leurs fonctions, et être affranchis de l'intervention constante qui se produit, sous le régime actuel, dans les moindres détails de leur gestion administrative, et a paralysé jusqu'à présent leur action. Il est inutile d'ajouter que si cette plus grande indépendance des valis est partout désirable, elle est absolument nécessaire dans les provinces habitées par les Arméniens. Les Puissances, en un mot, convaincues de l'insuffisance des propositions du Gouvernement ottoman, pensent qu'il y a lieu de tenir un compte plus sérieux des besoins locaux constatés dans ces mêmes provinces de donner une plus grande extension aux deux grands principes d'égalité et de décentralisation, de prendre des mesures plus efficaces dans l'organisation de la police, et la protection des populations molestées par les Circassiens et les Kurdes, de définir enfin la durée et l'étendue des pouvoirs des gouverneurs généraux. A ce prix, mais à ce prix seulement, pleine satisfaction peut être donnée aux droits et aux espérances créés par l'article LXI du Traité de Berlin.

La Porte cherche, il est vrai, à diminuer la portée de cet article, en s'appuyant sur le chiffre de la population arménienne, et en général, de la population chrétienne, comparée à celui de la population totale. La proportion indiquée par la note diffère tellement de celle que donnent d'autres renseignements que les Puissances ne sauraient l'accepter comme exacte

Le tableau ci-joint de la population arménienne, dressé par les soins du Patriarcat, montre l'écart énorme qui existe entre ces différentes appréciations. La note du 5 juillet n'indique d'ailleurs que la proportion des musulmans aux chrétiens. Les Puissances désireraient avoir communication des données sur lesquelles est basé ce calcul, et elles croient indispensable de faire prendre dans le plus bref délai par une Commission impartiale dont la formation sera ultérieurement déterminée, le chiffre approximatif des musulmans et des chrétiens habitant les provinces désignées par l'article LXI.

Il faut qu'il soit bien entendu que la Porte acceptera les résultats de ce recensement opéré dans des conditions incontestables d'impartialité, et qu'elle en tiendra compte dans l'organisation des dites provinces.

Il est très probable du reste qu'en procédant sur cette base, la nécessité de donner satisfaction à toutes les exigences locales entraînera le remaniement des limites géographiques actuelles des différents vilayets.

La Porte ne saurait d'ailleurs s'autoriser des délais qu'entraîneront les opérations de recensement projeté pour ajourner l'exécution des mesures présentant un caractère d'urgence.

Il est de toute nécessité de réaliser, sans perte de temps, les réformes destinées à garantir la vie et la propriété des Arméniens ; de prendre immédiatement des mesures contre les incursions des Kurdes ; d'appliquer sans délai la nouvelle combinaison financière, de mettre provisoirement la gendarmerie sur un pied plus satisfaisant ; de donner surtout aux gouverneurs généraux un pouvoir plus stable et une responsabilité plus étendue.

Les Soussignés, à titre de conclusion, appellent une fois de plus l'attention de la Porte sur ce fait essentiel, que les réformes à introduire dans les provinces habitées par les Arméniens doivent, aux termes des engagements qu'elle a contractés par un acte international, être conformes aux besoins locaux, et s'accomplir sous la surveillance des Puissances.

Les Soussignés, etc.

(*Signé.*) :

HATZFELDT.
NOVIKOW.
GOSCHEN.
CORTI.
TISSOT.
CALICE.

ANNEXE F

Mémorandum des ambassadeurs de France, de Russie et d'Angleterre à Constantinople sur les réformes en Arménie.

Mars-avril 1895.

Le projet ci-annexé contenant l'ensemble des dispositions qu'il serait nécessaire d'introduire dans l'organisation administrative, financière et judiciaire des vilayets mentionnés, il a paru utile d'indiquer dans une note séparée certaines mesures qui dépassent le cadre d'un règlement administratif, mais qui sont la base même de ce règlement, et dont l'adoption par la Sublime Porte est d'une importance primordiale.

Ces différents points sont :

1º La réduction éventuelle du nombre des vilayets ;

2º La garantie pour le choix des valis ;

3º L'amnistie des Arméniens condamnés ou détenus pour faits politiques ;

4º La rentrée des Arméniens émigrés ou exilés ;

5º Le règlement définitif des procès pour crimes et délits de droit commun, actuellement en cours ;

6º L'examen de l'état des prisons et de la situation des prisonniers ;

7º La nomination d'un haut commissaire de surveillance pour la mise en application des réformes dans les provinces ;

8º La création d'une commission permanente de contrôle à Constantinople ;

9º La réparation des dommages subis par les Arméniens victimes des événements de Sassoun, Talori, etc. ;

10º La régularisation des affaires de conversions religieuses ;

11º Le maintien et la stricte application des droits et privilèges concédés aux Arméniens ;

12º La situation des Arméniens dans les autres vilayets de la Turquie d'Asie.

I. — *Réduction éventuelle du nombre de vilayets.*

Les réformes devant être appliquées dans les six vilayets d'Erzeroum, Bitlis, Van, Sivas, Mamouret-ul-Aziz et Diarbékir, il y aurait lieu d'étudier la question de la réduction du nombre de ces provinces. Une nouvelle répartition qui permettrait de réaliser une certaine économie dans les dépenses générales de l'administration faciliterait peut-être le choix des valis en en déterminant le nombre et fortifierait leur autorité en améliorant leur situation matérielle. Elle devrait être faite de façon que les populations fussent réparties en groupes ethnographiques le plus homogènes possible, dans les différentes unités administratives de chaque province.

Nota. — Pendant dix ans antérieurement à 1875, l'eyalet d'Erzeroum comprenait les districts de Tchildir, Kars, Erzeroum (vilayet actuel), ainsi que Van, y compris Hekkiari, Bitlis et Mouch.

Cet eyalet fut ensuite divisé en cinq vilayets. Après la guerre de 1877, la partie de ce territoire conservée par la Turquie fut divisée en vilayet : Erzeroum, Van, Hekkiari et Mouch.

Depuis lors, le district de Hekkiari a été rattaché au vilayet de Van, et le district de Mouch à celui de Bitlis, nouvellement créé. Depuis lors aussi, le sandjak de Mamouret-ul-Aziz est devenu vilayet avec l'addition de quelques territoires voisins, tandis que le vilayet de Dersim est redevenu un sandjak du vilayet de Kharpout.

II. — *Nomination des valis. Garanties.*

Les Puissances attachant la plus grande importance au choix des valis, dont dépendra essentiellement l'efficacité des réformes, prévues par le traité de Berlin, sont résolues à faire à la Sublime Porte des représentations, chaque fois que le choix se porterait sur des personnes dont la nomination pourrait présenter des inconvénients. C'est pourquoi elles trouveraient nécessaire que le Gouvernement impérial ottoman, afin d'éviter sur ce point des malentendus fâcheux, voulût bien tenir officieusement les représentants des Puissances au courant du choix qu'il aurait l'intention de faire.

III. — *Amnistie.*

S. M. I. le Sultan accordera une large amnistie aux Arméniens accusés ou condamnés pour des faits politiques et qui ne seraient pas convaincus de participation directe à des crimes de droit commun.

IV. — *Rentrée des émigrés.*

Tous les Arméniens, à quelque religion qu'ils appartiennent, qui auraient été exilés sans jugement, soit hors du territoire de l'Empire ottoman, soit hors des provinces qu'ils habitaient ou qui auraient été forcés d'émigrer à l'étranger, poussés par la misère ou la crainte des événements, sans y avoir pris une part criminelle, pourront librement rentrer en Turquie ou dans les provinces qu'ils avaient dû quitter, sans être inquiétés par les autorités. Ils rentreront en possession des biens qu'ils possédaient avant de quitter le pays.

V. — *Règlement des procès.*

Tous les procès pour crimes ou délits de droit commun, actuellement en cours d'instruction ou jugement, devront être réglés sans retard. Des commissions judiciaires, déléguées spécialement de Constantinople, seront envoyées dans chaque vilayet et procéderont rapidement au chef-lieu de chaque sandjak au règlement de toutes les instances en suspens.

Leurs décisions ne seront susceptibles d'aucun recours.

Les commissions se composeront d'un président et de deux assesseurs dont l'un musulman, l'autre chrétien. Elles seront accompagnées d'un juge d'instruction et d'un procureur. L'un des deux sera chrétien.

VI. — *Etat des prisons.*

De hauts fonctionnaires seront délégués de Constantinople pour inspecter les prisons dans chaque vilayet, se rendre compte de leur état matériel, de la situation des prisonniers et du traitement dont ils sont l'objet. Ils s'enquerront de la conduite des directeurs et des gardiens des prisons et pourront proposer la révocation immédiate, la mise en jugement de ceux qui n'auraient pas observé à l'égard des condamnés ou détenus les prescriptions de la loi.

Chacun de ces hauts fonctionnaires sera accompagné d'un adjoint, qui sera chrétien, s'il est musulman, et inversement.

Ils devront, dans un délai de quatre mois au plus, rédiger un rapport où ils consigneront leurs observations sur le résultat de leur mission, ainsi que sur les modifications et améliorations à introduire dans le service de l'aménagement des prisons.

VII. — *Hauts commissaires de surveillance pour l'application des peines.*

Dès que les nouveaux valis auront été nommés, ils se rendront au chef-lieu du vilayet, en vue d'organiser l'administration de la province sur les bases nouvelles.

Ils procéderont à l'installation des mutessarifs et des caïmakams nommés par le Gouvernement, à la répartition territoriale des nahiés dans chaque caza ; ils feront dresser les listes électorales et procéder à l'élection des conseils de nahiés ainsi qu'à celle des mudirs.

Ils veilleront à ce que les collecteurs d'impôt soient élus sans retard et à ce que le budget de la province et la répartition des charges entre les différentes subdivisions administratives soient établies dans le plus bref délai possible.

Un haut fonctionnaire, délégué spécialement par S. M. I. le Sultan, sera chargé de surveiller l'exécution prompte et exacte de ces réformes. Pendant la durée de sa mission, il aura pleine et entière autorité sur les valis qui le tiendront au courant de toutes mesures qu'ils prendraient pour l'application des nouveaux règlements.

Le haut commissaire impérial recevra les pétitions et les vœux des habitants et devra en tenir compte dans la limite des nouveaux règlements. Il terminera sa mission par une inspection générale des vilayets et aura le pouvoir de réformer les mesures qui n'auraient pas été prises en conformité avec la loi et les nouveaux règlements.

Le haut commissaire sera accompagné dans sa mission par un adjoint qui sera chrétien, s'il est musulman, et inversement.

VIII. — *Commission permanente de contrôle.*

Il sera institué à la Sublime Porte une commission permanente de contrôle, chargée de surveiller l'exacte application des réformes.

Cette commission sera présidée par un haut fonctionnaire de l'Empire, civil ou militaire. Elle se composera de six membres pris parmi les hauts fonctionnaires de l'État, compétents, en matière administrative, juridique et financière ; trois seront musulmans, trois seront chrétiens.

Elle se réunira à la Sublime Porte, une fois par mois.

Elle aura pour mission :

De surveiller la stricte application des lois et règlements ; de signaler à la Sublime Porte les irrégularités qu'elle constaterait dans l'administration, ainsi que les fonctionnaires qui manqueraient à leurs devoirs ;

De recevoir les pétitions et d'examiner les vœux et doléances de la population, ainsi que tous les rapports qui pourraient lui être adressés par les représentants des communautés.

C'est à elle que les ambassades feront parvenir directement par l'intermédiaire de leurs drogmans tous les renseignements et communications qu'elles jugeraient nécessaires.

Elle pourra demander aux valis des rapports sur les questions qu'elle serait ainsi appelée à examiner. Deux fois par an, les gouverneurs généraux devront lui adresser une note détaillée sur l'état des prisons.

Elle pourra déléguer, quand elle le jugera à propos, un ou plusieurs de ses membres pour faire des tournées d'inspection dans les vilayets.

Elle présentera à la Sublime Porte des rapports sur toutes ces questions et aura le droit de correspondance directe avec les valis et les départements compétents.

IX. — *Réparations à accorder aux Arméniens victimes des événements de Sassoun, Talori, etc.*

Les Arméniens qui auraient eu à souffrir, soit dans leurs personnes, soit dans leurs biens, des événements de Sassoun, Talori, etc., recevront des indemnités et réparations convenables.

Le haut commissaire impérial de surveillance sera chargé de faire les investigations et de prendre les mesures nécessaires à cet effet.

X. — *Conversions religieuses.*

La Sublime Porte veillera à ce que les conversions religieuses soient entourées de toutes les garanties découlant des principes établis par le hatti-humayoun de 1856 (art. 10, 11, 12) et trop souvent éludés dans la pratique. Les personnes qui voudraient changer de religion devront être majeures et ne pourront être autorisées à faire leur déclaration de changement de religion qu'après un délai d'une semaine pendant laquelle elles seront placées sous la surveillance du chef de leur culte.

XI. — *Maintien des privilèges des Arméniens.*

La Sublime Porte donnera des instructions précises aux autorités pour empêcher le retour des infractions contraires aux droits et privilèges découlant pour le clergé arménien et la communauté du « sahmanatroutioun » de 1863 (statut organique des Arméniens), et des bérats octroyés par les Sultans.

XII. — *Situation des Arméniens dans les autres vilayets de la Turquie d'Asie.*

Dans les autres vilayets de la Turquie d'Asie, où la population arménienne de certains sandjaks forme une partie notable de la population générale, il sera nommé, auprès du vali, un fonctionnaire chrétien spécial chargé des intérêts des Arméniens. Ce fonctionnaire recevra les pétitions de la population arménienne et les fera connaître au vali, qui leur donnera, d'accord avec lui, la suite qu'elles comportent.

Ce fonctionnaire adressera, en outre, régulièrement, des rapports à la commission permanente de contrôle à Constantinople.

Dans ces vilayets, où il se trouve certaines localités telles que Hadjin (vilayet d'Adana), ou Zeïtoun (vilayet d'Alep, etc.), où ces Arméniens forment la majorité de la population, la division administrative actuelle sera modifiée et les prescriptions du projet de réformes, sur la constitution des nahiés, seront appliquées aux localités ainsi érigées en unités administratives séparées.

ANNEXE G

Projet de réformes administratives à introduire dans les provinces arméniennes, élaboré par les ambassadeurs de France de Russie et d'Angleterre à Constantinople (vilayets actuels d'Erzeroum, Van, Sivas, Mamouret-ul-Aziz, Diarbékir).

(1895)

CHAPITRE PREMIER

Valis.

ARTICLE PREMIER. — Les valis seront choisis parmi les hauts dignitaires de l'État, sans distinction de religion, présentant les plus grandes garanties d'intelligence, de capacité et de probité. On s'abstiendra, en conséquence, de nommer aux fonctions de valis des personnes dont la désignation présenterait, de notoriété générale, des inconvénients d'ordre public ou politique (1).

La Sublime Porte, convaincue que l'application efficace des mesures et réformes qui suivent, dépend essentiellement des hautes qualités des personnes qui seront placées à la tête de l'administration des vilayets, se fera un devoir de veiller à ce que les fonctionnaires, que le Gouvernement aurait l'intention de désigner, possèdent les capacités requises (2).

ART. 2. — Les valis ainsi nommés ne pourront être révoqués ou changés que dans le cas où ils seraient reconnus, après constatation légale, coupables d'actes contraires aux lois (3).

Ils seront nommés pour cinq ans et leurs pouvoirs pourront être renouvelés (4).

ART. 3. — Les valis seront assistés par les adjoints (moavins), qui seront chrétiens lorsque le **vali** sera musulman, et musulmans lorsque le **vali** sera chrétien (5).

Les moavins seront, comme les valis, nommés par S. M. I. le Sultan.

Ceux-ci seront spécialement délégués par le vali pour la réception des pétitions des habitants du vilayet, pour la surveillance de la police et des prisons, et pour le contrôle de la perception des impôts (6).

Ils seront chargés de l'intérim du vilayet en l'absence du vali.

(1) Cf. *Législation ottomane*, d'ARISTARCHI, Constitution, vol. V, art. 39, p. 12 ; art. 5, p. 50 et 51.

(2) Cf. ARISTARCHI, vol. V, p. 50 et 51. Instructions sur les vilayets, chap. I et II.

(3) Cf. ARISTARCHI, vol. V, p. 12. Note d'Abedin Pacha, du 5 juillet 1880.

(4) Projet de loi sur les vilayets de Turquie d'Europe, titre II, art. 27.

(5) Projet de loi sur les vilayets de Turquie d'Europe, titre II, art. 27.

(6) Cf. ARISTARCHI, vol. III, p. 13 ; chap. II, art. 17.

Les valis seront assistés d'un Conseil général provincial, élu dans des conditions à déterminer et qui aura pour mission de délibérer sur les objets d'utilité publique, tels que l'établissement de voies de communication, l'organisation de caisses de crédit agricole ; le développement de l'agriculture, du commerce et de l'industrie et la propagation de l'instruction publique.

CHAPITRE II

Mutessarifs.

ART. 4. — Les mutessarifs placés à la tête des sandjaks seront nommés par S. M. I. le Sultan. Dans chaque vilayet, un certain nombre de postes de mutessarifs seront occupés par des chrétiens. Les mutessarifs chrétiens seront placés dans les sandjaks où se trouve le plus grand nombre de chrétiens. Dans les vilayets où il n'y aurait qu'un seul mutessarif, celui-ci sera nécessairement chrétien si le vali est musulman.

Le mutessarif sera assisté d'un moavin qui sera chrétien si le mutessarif est musulman, et *vice versa*. Le moavin sera chargé de l'intérim du sandjak en l'absence du mutessarif (1).

CHAPITRE III

Caïmakams.

ART. 5. — Les caïmakams seront nommés par S. M. I. le Sultan, sur la désignation du vali. Ils seront choisis par ce dernier parmi les personnes jouissant de la confiance de la population et remplissant les conditions requises par les règlements en vigueur.

Dans chaque sandjak, un certain nombre de postes de caïmakams seront occupés par des chrétiens. Les caïmakams chrétiens seront placés dans les bazars où se trouve le plus grand nombre de chrétiens.

ART. 6. — Dans tous les cas, le nombre des mutessarifs et des caïmakams chrétiens ne pourra être inférieur au tiers du nombre total des mutessarifs et des caïmakams du vilayet (2).

Le caïmakam, comme le mutessarif, sera assisté d'un moavin, qui devra être chrétien si le caïmakam est musulman, et *vice versa*.

Auprès des mutessarifs et des caïmakams siégera un conseil analogue au Conseil général provincial.

Le Conseil du caza sera élu par les conseils des nahiés ; le conseil du sandjak par les conseils des cazas.

Le Conseil général provincial sera élu par les conseils des sandjaks.

Aucun fonctionnaire ne pourra être membre de ces différents conseils.

(1) Projet de loi sur les vilayets de Turquie d'Europe, art. 108, p. 14.
(2) Projet de loi sur les vilayets de Turquie d'Europe, titre VII, art. 132, p. 17.

Les conseils seront présidés respectivement par le vali, le mutessarif et le caïmakam.

Ils seront composés de quatre membres, sans compter le président, dont deux musulmans et deux chrétiens.

CHAPITRE IV

Cercles communaux (nahiés)..

Art. 7. — Chaque caza sera subdivisé en un certain nombre de nahiés (cercles communaux) (1).

Le nahié est une subdivision territoriale qui comprendra plusieurs villages avec leurs propriétés, immeubles, terrains, pâturages et autres terres, dont le plus important sera le chef-lieu (2).

La circonscription de chaque nahié sera, autant que possible, fixée de telle façon que les villages d'une même religion soient groupés dans un même nahié ; d'une façon générale, il devra être tenu compte des conditions ainsi que des convenances des populations (3).

Le nahié comprendra 2.000 habitants au moins et 10.000 au plus (4).

Tout groupe de villages faisant partie d'un nahié et dont les habitants ne seront pas inférieurs à 500 pourra demander à être constitué en nahié séparé, à condition de prendre à sa charge les dépenses de la nouvelle administration (5).

Art. 8. — Chaque nahié sera administré par un « mudir » assisté d'un conseil élu par la population, et composé de quatre membres au minimum et huit au maximum (6).

Ce conseil choisira parmi ses membres le mudir et un adjoint. Le mudir devra appartenir à la classe qui forme la majorité des habitants et l'adjoint à l'autre classe. Le conseil aura, en outre, un secrétaire.

Art. 9. — Si les habitants d'un nahié sont d'une même classe, les membres du conseil seront élus exclusivement parmi les habitants appartenant à cette même classe ; si la population du cercle communal est mixte, la minorité devra être représentée proportionnellement à son importance relative à condition qu'elle comprenne au moins vingt-cinq maisons (7).

Art. 10. — Les mudirs recevront, sur le budget du nahié, une allocation convenable ; des appointements fixes seront également alloués au secrétaire du conseil (8).

(1) Cf. Aristarchi, vol. II, p. 283. Loi des vilayets, titre IV.
(2) Cf. Aristarchi, vol. III, p. 22. Organisation de l'administration des vilayets (1287), chap. III, art. 50.
(3) Cf. Aristarchi, vol. V, p. 60, 64 ; 7ᵉ règlement. Projet de loi sur les vilayets de Turquie d'Europe, p. 20, titre X, art. 154, 168. Projet de loi sur les vilayets de Turquie d'Europe, p. 13, art. 103.
(4) Cf. Aristarchi, vol. V, p. 60, 61 ; 7ᵉ règlement, art. 2.
(5) Cf. Aristarchi, vol. III, p. 22.
(6) Cf. Aristarchi, vol. V, p. 61 ; 7ᵉ règlement, chap. II, art. 7.
(7) Cf. Aristarchi, vol. V, p. 62, art. 13.
(8) Cf. Aristarchi, vol. V, p. 61, art. 9.

· Un local spécial sera affecté au conseil du nahié et au siège de l'administration du cercle communal (1).

ART. 11. — Les membres du conseil du nahié devront être sujets ottomans, avoir des intérêts dans le nahié, être âgés de plus de trente ans, être choisis parmi ceux qui payent à l'État une contribution annuelle de cent piastres et qui n'ont pas subi de condamnation (2).

ART. 12. — Dès que les membres du conseil auront choisi parmi eux le mudir, son nom sera communiqué au vali qui le confirmera officiellement après avoir constaté que les conditions légales ont été remplies (3).

ART. 13. — Les imans, les prêtres, les professeurs d'école et tous ceux qui se trouvent au service du Gouvernement ne pourront exercer les fonctions de mudir (4).

. ART. 14. — Les membres du conseil seront renouvelés par moitié chaque année ; les mudirs resteront en fonction pendant deux ans. Le mudir et les membres ne pourront être réélus qu'une seule fois de suite (5).

ART. 15. — Les attributions du mudir et des membres du conseil, ainsi que le mode de leur élection et de leur remplacement seront réglés suivant les prescriptions du 7e règlement sur l'administration des communes (art. 14, 16, 17, 20, 26) et du projet de loi sur les vilayets de la Turquie d'Europe (titre XII) (6).

ART. 16. — Les villages compris dans le nahié auront chacun un moukhtar ; si un village contient plusieurs quartiers et si les habitants sont divisés en différentes classes, il y aura un moukhtar pour chaque quartier et chaque classe d'habitants (7).

ART. 17. — Aucun village ne pourra, pour partie, relever de deux cercles communaux à la fois, quels que soient sa position et le nombre de ses habitants.

CHAPITRE V

Police.

ART. 18. — Les agents de police seront recrutés, sans distinction de religion, dans la population du nahié, par le conseil du cercle communal, en nombre suffisant pour les besoins et pour la participation au service de la gendarmerie du vilayet (8).

(1) Projet de loi sur les vilayets de la Turquie d'Europe, p. 22, art. 168 ; p. 20, art. 155.
(2) Projet de loi sur les vilayets de la Turquie d'Europe, p. 24, art. 185.
(3) Cf. ARISTARCHI, vol. V, p. 62, art. 11.
(4) Cf. ARISTARCHI, vol. V, p. 62, art. 12 ; textuel.
(5) Cf. ARISTARCHI, vol. V, p. 62, art. 16.
(6) Cf. ARISTARCHI, vol. V, p. 63 et 64.
(7) Cf. ARISTARCHI, vol. III, p. 24, art. 60 ; vol. V, p. 61, art. 8.
(8) Cf. ARISTARCHI, vol. V, p. 5 ; chap. 11, art. 6. Note d'Abedin Pacha (5 juillet 1880). Projet de loi sur les vilayets de la Turquie d'Europe, p. 34, titre XVII, art. 304, 305.

Art. 19. — Les agents de police du nahié seront placés sous les ordres du mudir. Ils seront commandés par des chefs qui exerceront des fonctions semblables à celles des tchaouchs (sergents) et des on-bachis (caporaux) et porteront un uniforme à déterminer dans la suite (1).

Ils seront rétribués sur le budget du nahié ; en dehors de leur service ils pourront vaquer à leurs travaux ordinaires (2).

Ils seront montés ou non montés selon les besoins du service (3).

Les non musulmans, astreints au payement du bedel-i-askérié, qui se trouveront engagés dans la police, seront dispensés du payement de cette taxe pendant toute la durée de leur service (4).

Art. 20. — Les agents de police du nahié doivent, en premier lieu, assurer d'une façon permanente, le bon ordre et la sécurité sur le territoire et les routes du nahié. Ils doivent, en outre, d'après les ordres du mudir, contribuer à fournir l'escorte de la poste et prêter main-forte au mudir pour l'exécution des sentences judiciaires et la mise en vigueur des prescriptions de la loi.

CHAPITRE VI

Gendarmerie.

Art. 21. — Il sera organisé dans chaque province, en vertu d'un règlement spécial, un corps de gendarmerie provinciale, dont les officiers et soldats seront choisis parmi toutes les classes des sujets de l'Empire (5).

Le recrutement de la gendarmerie est fait, dans le vilayet, parmi tous les habitants en état de servir et sans distinction de race ni de religion : elle est recrutée pour les deux tiers parmi les agents de police du nahié, moitié parmi les agents musulmans, moitié parmi les agents appartenant aux communautés non musulmanes. L'autre tiers sera composé de tchaouchs et de bach-tchaouchs pris parmi les plus capables de l'armée régulière.

Au point de vue de la discipline et de l'instruction, la gendarmerie dépend du ministère de la Guerre. Elle est entretenue et soldée aux frais du vilayet. La solde des officiers ne pourra être inférieure à celle des officiers du même grade de l'armée régulière (6).

CHAPITRE VII

Prisons.

Art. 22. — Dans les prisons, les individus arrêtés et soumis à la détention préventive ne devront pas être confondus avec les individus incarcérés à la suite d'une condamnation (7).

---

(1) Note d'Abedin Pacha, du 5 juillet 1880.
(2) Note de la Porte (3 octobre 1880), art. 5 ; Blue-Book, 178-179.
(3) Projet de loi sur les vilayets de la Turquie d'Europe, art. 168, p. 22.
(4) Projet de loi sur les vilayets ; titre XVII, art. 308, p. 34.
(5) Note d'Abedin Pacha (textuel).
(6) Projet de loi sur les vilayets de la Turquie d'Europe, p. 24, titre XVII, art. 309.
(7) Cf. Aristarchi, vol. V, p. 53, art. 10.

Les prisons devront offrir aux détenus les conditions indispensables d'hygiène et on veillera à ce qu'ils ne soient pas soumis à des traitements vexatoires.

Les valis nommeront les directeurs et les gardiens des prisons, parmi lesquels il y aura un certain nombre d'agents de police et de gendarmes (1).

CHAPITRE VIII

Comité d'enquête préliminaire.

ART. 23. — Les valis établiront dans les chefs-lieux des vilayets et des sandjaks des comités d'enquête préliminaire, composés d'un président et de deux membres (musulman et non musulman) (2).

Ces comités auront pour mandat de s'enquérir des raisons qui auront motivé l'arrestation des prévenus par les gendarmes, et d'ordonner qu'ils soient immédiatement interrogés et emprisonnés dans le cas où l'acte qui leur est attribué serait de nature à entraîner des pénalités édictées par les lois ; de faire mettre en liberté immédiate, sous la surveillance de la police, ceux dont la conduite ne motiverait pas l'application de la loi ; de veiller à ce que personne ne soit retenu sans nécessité et illégalement en prison. Ils visiteront, dans ce but, les prisons, et surveilleront la situation des prisonniers.

Les comités adresseront des rapports qu'ils remettront aux valis, indiquant parmi les individus amenés à la police ceux qui ont été mis en liberté et ceux qui ont été maintenus en état d'arrestation.

CHAPITRE IX

Contrôle des Kurdes.

ART. 24. — Pour l'administration des Kurdes nomades, le vali aura sous ses ordres dans chaque vilayet un « achviet mémori » (délégué de la tribu). Ce fonctionnaire aura le droit d'arrêter les brigands et autres malfaiteurs et de requérir leur comparution devant les tribunaux ordinaires.

Il devra avoir, sous ses ordres, une escorte suffisante et pourra, en outre, requérir l'assistance de la police locale.

Un certain nombre de fonctionnaires placés sous son autorité accompagneront chaque tribu dans ses migrations annuelles. Ils exerceront sur elle un pouvoir de police, feront arrêter les malfaiteurs et les déféreront aux tribunaux ordinaires.

Les limites des campements et pâturages des Kurdes nomades seront nettement déterminées. Les migrations ne devront pas être la cause de dommages pour les habitants des territoires traversés ou occupés provisoirement par les tribus nomades.

---

(1) Cf. ARISTARCHI, vol. V, p. 63, art. 11.
(2) Cf. ARISTARCHI, vol. V, p. 52, art. 11 et 12.

Si celles-ci commettent quelque empiétement ou excès sur les biens ou le personnes des villageois, toute migration leur sera désormais interdite (1).

Les règlements existants sur le port d'armes seront strictement appliqués à toute la population kurde, tant sédentaire que nomade (2).

On s'efforcera d'inculquer aux populations nomades les principes de la vie sédentaire en les accoutumant aux travaux des champs et, à cet effet, on leur assignera des lots de terrain dans les localités où leur installation ne pourra nuire à la tranquillité et au bien-être des populations sédentaires (3).

Le droit d'élection et d'éligibilité aux conseils de nahiés n'appartient pas aux individus faisant partie des populations non sédentaires ou qui ne sont pas établies à titre définitif et permanent sur le territoire d'un nahié (4).

CHAPITRE X

Cavalerie hamidiée.

Art. 25. — Dans le cas où il serait jugé nécessaire de se servir des régiments de la cavalerie hamidiée en dehors des périodes d'instruction prescrites par les règlements en vigueur, ces troupes ne pourront être employées et cantonnées que conjointement avec les troupes de l'armée régulière dont elles ne devront pas dépasser le tiers.

En temps ordinaire, et en dehors du service, les cavaliers hamidiés ne doivent porter ni uniforme ni armes. Dans les mêmes cas, ils sont justiciables des tribunaux ordinaires, ainsi qu'il est déjà prescrit dans les règlements hamidiés en conformité avec les prescriptions en usage pour les rédifs. (*Code militaire ottoman*, art. 4.)

CHAPITRE XI

Questions des titres de propriété.

Art. 26. — Des commissions spéciales composées d'un président et de quatre membres, deux musulmans et deux chrétiens, seront chargées de reviser les titres et droits de propriété et de redresser les irrégularités qu'elles pourront constater. Une commission spéciale élaborera le mode de recrutement le plus propre à garantir dans l'avenir les droits de propriété.

---

(1) Exemple des Circassiens du caza d'Azizie au vilayet d'Adana (1880).
(2) Projet de loi sur les vilayets de la Turquie d'Europe, p. 18, art. 137.
(3) Cf. les résultats obtenus par les trois commissions en 1880.
(4) Cf. Aristarchi, 82, p. 284 ; chap. i, art. 63. Projet de loi sur les vilayets de la Turquie d'Europe, p. 23 ; titre XII, art. 179.

CHAPITRE XII

Perception des dîmes.

Art. 27. — Tous les impôts, y compris la dîme, seront perçus directement, sous l'autorité du mudir, par des percepteurs élus par les conseils de nahiés (1).

Tous les habitants du nahié sont solidairement responsables du payement de la totalité de l'impôt qui lui est assigné.

Art. 28. — L'affermage des dîmes et la corvée demeurent abolis (2).

Chaque centre administratif, en commençant par le nahié, prélèvera sur les impôts qu'il aura recueillis, les sommes nécessaires aux dépenses de son administration, d'après un budget fixé et approuvé par le gouvernement (3).

De même, l'administration financière du vilayet prélèvera sur le total des impôts de la province, les sommes nécessaires à l'administration du vilayet, y compris les dépenses des travaux publics et de l'instruction publique (4).

La population ne pourra, en aucun cas, être tenue de fournir gratuitement, soit à la troupe, soit aux fonctionnaires en service le logement et les provisions nécessaires à leur entretien.

Dans les cas de vente forcée pour non-payement des impôts, on veillera strictement à ne pas priver la population des objets de première nécessité ni de ses instruments de travail.

CHAPITRE XIII

Justice.

Art. 29. — Il y aura, dans chacune des localités du nahié, un conseil des anciens présidé par le moukhtar et dont la mission sera de concilier à l'amiable les contestations entre les habitants de la localité (5).

Art. 30. — Il y aura, dans chaque caza proportionnellement au nombre des nahiés, un nombre suffisant de juges de paix nommés par le ministre de la Justice sur la désignation du vali. L'un d'eux devra nécessairement résider au chef-lieu du caza. Le tiers des juges de paix du caza devront être chrétiens. Les juges de paix chrétiens seront placés dans les centres où la population chrétienne est la plus nombreuse.

---

(1) Cf. Aristarchi, vol. V, p. 30, 51, 63. Projet de loi sur les vilayets de la Turquie d'Europe, p. 21, titre X, art. 160, 163, 164.
(2) Cf. Aristarchi, vol. V, p. 31.
(3) Cf. Aristarchi, vol. III, p. 53, art. 104. Projet de loi sur les vilayets de la Turquie d'Europe, p. 10, art. 83, 167. 168. Note de la Porte (3 octobre 1880), art. 5.
(4) *Idem.* Note d'Abedin Pacha.
(5) Cf. Aristarchi, vol. III, p. 34, art. 107.

ART. 31. — Le juge de paix connaîtra :

1° En matière criminelle sans appel des contraventions passibles de peines de simple police et, à charge d'appel des délits n'entraînant pas une peine de plus de 500 piastres d'amende et de trois mois de prison ;

2° En matière civile, sans appel, de toute action personnelle, civile et commerciale jusqu'à concurrence de 1.000 piastres et, à charge d'appel, des mêmes actions jusqu'à concurrence de 5.000 piastres.

ART. 32. — Le juge de paix tiendra aussi son tribunal en conciliation. Il pourra, sur la demande des parties, désigner des arbitres pour décider des contestations dont l'objet dépasserait 5.000 piastres.

Dans le cas de sentence arbitrale, les parties renonceront à tout appel.

ART. 33. — Les juges de paix tenant lieu de tribunaux de cazas, les appels de leurs décisions en matière civile seront portés devant le tribunal du sandjak.

ART. 34. — Les condamnations à la prison prononcées en dernier ressort par les juges de paix seront purgées dans la prison du caza. Les mudirs devront prêter assistance aux juges de paix pour l'exécution des sentences au civil comme au tribunal.

ART. 35. — Les tribunaux du caza étant supprimés, les tribunaux du sandjak connaîtront des affaires civiles dépassant 5.000 piastres et des appels des décisions des juges de paix en matière civile (1).

Ils n'auront qu'une chambre civile, la chambre criminelle devant être remplacée par la cour d'assises ambulante. Les tribunaux du sandjak seront composés d'un président, magistrat diplômé, nommé par le ministre de la Justice et de deux membres choisis par le vali sur une liste dressée par les conseils des sandjaks (2).

ART. 36. — Les sections criminelles des tribunaux du sandjak seront ainsi remplacées par des cours d'assises ambulantes. Ces cours d'assises seront composées d'un magistrat président pris parmi les membres de la cour supérieure du vilayet. Il leur sera adjoint deux membres désignés par la cour d'appel parmi les juges de paix du sandjak, dont l'un musulman et l'autre chrétien. Les juges de paix recevront une indemnité spéciale pendant la tournée de la cour d'assises (3).

ART. 37. — La cour d'assises siégera tour à tour dans tous les cazas, y compris le chef-lieu du vilayet et les chefs-lieux du sandjak où sa présence sera reconnue nécessaire.

Elle connaîtra, en appel, des décisions des juges de paix en matière de délit, et, sans appel, des crimes ainsi que des délits entraînant une peine de plus de 500 piastres d'amende et plus de huit mois de prison.

Les sentences rendues par la cour d'assises en matière de crime ne seront susceptibles que du recours en cassation.

---

(1) Cf. ARISTARCHI, vol. II, p. 292, 293, art. 11. Projet de loi sur les vilayets de la Turquie d'Europe, p. 28, art. 238.
(2) Cf. ARISTARCHI, vol. II, p. 287, art. 75.
(3) Note d'Abedin Pacha.

ART. 38. — En arrivant au caza, le président de la cour d'assises se fera remettre par le juge d'instruction, un état des causes instruites susceptibles de lui être déférées immédiatement et un état des causes en cours d'instruction. S'il constate, au sujet de ces dernières, quelque irrégularité ou des lenteurs non motivées, il adressera immédiatement un rapport au ministère de la Justice.

À son arrivée au caza, comme à son départ, la cour d'assises visitera les prisons, s'enquerra de la situation des prisonniers et vérifiera les écrous.

ART. 39. — La cour supérieure du vilayet est composée d'un président et d'un nombre de chambres suffisant pour connaître des affaires civiles qui lui sont dévolues et pour fournir des présidents aux cours d'assises ambulantes.

Elle fonctionne, en matière civile comme cour d'appel, et en matière criminelle comme cour d'assises. Elle est régulièrement constituée dès qu'elle réunit deux membres et un président.

Elle comprend, en outre, un procureur général et un nombre suffisant de substituts.

ART. 40. — Les décisions des juges de paix et les jugements des tribunaux de tout ordre seront libellés en langue turque. Le texte turc sera, suivant les localités et les parties en cause, accompagné d'une traduction en langue arménienne (1).

----

(1) Cf. ARISTARCHI, vol. V, p. 56, art. 26.

ANNEXE H

Loi des réformes en Arménie.

CHAPITRE PREMIER

Vilayets et Mutessarifs.

ARTICLE PREMIER. — Auprès de chaque vilayet (gouvernement général sera nommé un moavin non musulman, conformément aux dispositions du chapitre II du règlement sur l'administration générale des vilayets du 29 chewal 1286.

Il sera chargé, conformément à ce règlement, de coopérer aux affaires générales du vilayet et d'en préparer l'exécution.

ART. 2. — Seront également nommés des moavins non musulmans auprès des mutessarifs et des caïmakams musulmans, dans les sandjaks et les cazas où cette mesure sera justifiée par l'importance de la population chrétienne.

CHAPITRE II

Caïmakams.

ART. 3. — Les caïmakams seront choisis sans distinction de religion par le ministère de l'Intérieur parmi les diplômés de l'École civile et nommés par iradé impérial.

ART. 4. — Seront maintenus dans l'administration ceux qui, étant actuellement en fonctions, seront reconnus capables, même dans le cas où ils ne seraient pas sortis de l'École impériale civile.

Dans le cas où il n'y aurait pas en ce moment un nombre de non-musulmans diplômés de l'École Mulkié suffisant pour permettre de faire les nominations reconnues nécessaires, ces postes seront occupés par des personnes au service du Gouvernement qui, quoique non diplômées, seront reconnues aptes à remplir les fonctions de caïmakams.

CHAPITRE III

Proportion des chrétiens dans les fonctions publiques.

ART. 5. — Les fonctions administratives seront confiées aux sujets impériaux musulmans et non musulmans, proportionnellement aux chiffres des populations musulmanes et non musulmanes dans les vilayets d'Erze-roum, Van, Bitlis, Diarbékir, Mamouret-ul-Azis, Sivas.

Le nombre des fonctionnaires non musulmans de l'administration, de la police et de la gendarmerie sera fixé par la commission permanente de contrôle.

CHAPITRE IV

Conseils des sandjaks et cazas.

Art. 6. — Les conseils administratifs des sandjaks et des cazas, composés de membres élus et de membres de droit, sont maintenus et fonctionneront conformément à l'article 61 du règlement sur l'administration générale des vilayets de 1867, d'après lesquels ils ont été constitués.

Leurs attributions sont fixées par les articles 90, 91 et 92 du règle-ment sur l'administration générale des vilayets et par les articles 38, 39 et et 40 des instructions relatives à l'administration générale des vilayets, du 25 mouharrem 1293.

CHAPITRE V

Nahiés.

Art. 7. — Les nahiés seront organisés conformément aux prescriptions des articles 94 à 106 du règlement sur l'administration générale des vilayets de 1286 et des articles 1 à 19 du règlement sur l'administration des com-munes du 25 mars 1292.

Art. 8. — Chaque nahié sera administré par un mudir et un conseil composé de quatre membres élus par les habitants.

Ce conseil choisira parmi ses membres un mudir et un adjoint. Le mudir devra appartenir à la classe qui forme la majorité des habitants et l'adjoint à l'autre classe. Le conseil aura, en outre, un secrétaire.

Art. 9. — Si les habitants d'un nahié sont d'une même classe, les membres du conseil seront élus exclusivement parmi les habitants appartenant à cette même classe ; si la population du cercle communal est mixte, la mino-rité devra être représentée proportionnellement à son importance relative, à condition qu'elle comprenne au moins vingt-cinq maisons.

Art. 10. — Les mudirs et les secrétaires des nahiés sont rétribués.

Art. 11. — Les candidats au conseil des nahiés devront remplir les conditions prévues par l'article 10 du règlement sur l'administration des communes.

Art. 12. — Les imans, les prêtres, les professeurs d'écoles et tous ceux qui se trouvent au service du Gouvernement ne pourront être élus mudirs.

ART. 13. — Le conseil sera renouvelé par moitié chaque année. Ses membres, ainsi que le mudir, sont rééligibles.

ART. 14. — Les attributions du mudir et des conseils des nahiés sont réglées par les articles 20 à 27 du règlement sur l'administration des communes.

Villages des nahiés.

ART. 15. — Chaque village de nahié aura un moukhtar. S'il y a plusieurs quartiers et plusieurs classes d'habitants, il y aura un moukhtar par quartier et par classe.

ART. 16. — Aucun village ne pourra relever de deux nahiés à la fois.

CHAPITRE VI

Justice.

ART. 17. — Il y aura dans chaque localité un conseil des anciens présidé par le moukhtar et dont la mission sera de concilier à l'amiable les contestations entre les habitants, contestations prévues par les lois judiciaires.

ART. 18. — Les fonctions de juges de paix seront exercées dans les villages par les conseils des anciens et dans les communes par les conseils communaux. Leurs atributions et leur degré de compétence sont déterminés par la loi.

ART. 19. — Des inspecteurs judiciaires, dont le nombre ne sera pas moindre de six et qui seront, par moitié, musulmans et non musulmans, seront chargés, dans chaque vilayet, d'accélérer le jugement de tous procès en cours et de surveiller l'état des prisons, conformément au chapitre II du règlement de la constitution des tribunaux réguliers.

Les inspections devront être faites en même temps par deux inspecteurs, dont l'un musulman et l'autre non musulman.

CHAPITRE VII

Police.

ART. 20. — Les agents de la police seront recrutés parmi les sujets musulmans et non musulmans de l'Empire, proportionnellement aux chiffres des populations musulmanes et non musulmanes du vilayet.

ART. 21. — Des contingents suffisants seront affectés à chaque subdivision administrative, y compris le nahié.

Les agents de police du nahié sont placés sous les ordres du mudir et commandés par des commissionnaires.

Leurs armes et leurs uniformes seront identiques aux modèles déjà adoptés.

CHAPITRE VIII

Gendarmerie.

Art. 22. — Les officiers, sous-officiers et soldats de la gendarmerie seront recrutés parmi les habitants musulmans et non musulmans de l'Empire, proportionnellement aux chiffres des populations musulmane et non musulmane de chaque vilayet.

La gendarmerie sera soldée et entretenue aux frais de la caisse du vilayet.

La solde des gendarmes est supérieure à celle des soldats de l'armée impériale, et celle des officiers équivalente à celle des officiers de l'armée impériale.

Art. 23. — La gendarmerie est chargée du maintien de l'ordre et de l'escorte de la poste.

CHAPITRE IX

Gardes champêtres.

Art. 24. — Le conseil du nahié choisira des gardes champêtres dans les différentes classes de la population.

Leur nombre sera fixé par la commission permanente de contrôle conformément aux besoins de chaque nahié, sur le rapport du mudir et la proposition du vali.

Leur uniforme et leur armement seront arrêtés par le département de la guerre.

CHAPITRE X

Prisons et Comités d'enquête préliminaire.

Art. 25. — Les règlements existants sur la tenue des prisons et des maisons d'arrêt sont strictement exécutés.

Art. 26. — Le comité d'enquête préliminaire prévu par les articles 11 et 12 des instructions relatives à l'administration générale des vilayets est appelé à fonctionner de la façon la plus régulière.

CHAPITRE XI

Contrôle des Kurdes.

ART. 27. — Les localités de migration des Kurdes seront fixées d'avance de façon à éviter tous dommages aux habitants de la part des archirets. Un officier ayant sous ses ordres une force armée suffisante et des gendarmes accompagnera chaque tribu dans sa migration. Un commissaire de police lui sera adjoint.

Les Kurdes remettront à l'autorité certains d'entre eux, pour garantir leurs bonne conduite et situation, jusqu'à leur retour à leurs quartiers d'hiver.

Les règlements sur les feuilles de route et le port d'armes seront appliqués aux Kurdes.

Les tribus nomades et errantes seront engagées à se fixer sur des terres qui leur seront concédées par le Gouvernement.

CHAPITRE XII

Cavalerie hamidié.

ART. 28. — Le port d'armes et d'uniforme par les cavaliers hamidiés en dehors des périodes d'instruction, est prohibé.

En dehors de ces périodes, les cavaliers hamidiés sont justiciables des tribunaux ordinaires.

Un règlement militaire, qui déterminera tous les détails de leur service, sera élaboré sans retard.

CHAPITRE XIII

Titres de propriété.

ART. 29. — Il sera institué au chef-lieu du vilayet et des sandjaks des commissions pour la revision des titres de propriétés.

Ces commissions seront composées de quatre membres (deux musulmans et deux non musulmans), et présidées par le directeur des archives ou le préposé aux immeubles.

Leurs décisions seront soumises aux conseils d'administration.

En outre, quatre délégués seront envoyés chaque année de Constantinople dans les vilayets pour examiner les irrégularités qui auraient pu surgir dans les affaires de propriétés.

CHAPITRE XIV

Perception des impôts.

Art. 30. — Pour éviter l'emploi de la force publique, des agents spéciaux, qui ne pourront faire aucune réquisition de fourrages, ni de vivres, et qui n'auront aucun maniement de fonds, remettront aux moukhtars et receveurs des villages et quartiers, élus par les habitants, les feuilles sur lesquelles sont inscrits les impôts dus par chaque habitant.

Les moukhtars et receveurs susnommés seront chargés de la perception des impôts et de leur consignation aux caisses de l'État.

CHAPITRE XV

Dîmes.

Art. 31. — La perception de la dîme se fera par voie d'affermage. L'affermage en gros demeure aboli et remplacé par la mise en adjudication par village et au nom des habitants.

En cas de difficultés, ceux-ci pourront recourir aux tribunaux.

Dans le cas où personne ne se présenterait pour l'affermage des dîmes de certains villages, ou bien si le prix offert était inférieur à la valeur réelle des dîmes à adjuger, ces dîmes seront administrées en régie, conformément au règlement sur la matière.

La corvée étant abolie, la prestation en nature et en argent est maintenue pour les travaux d'utilité publique.

Le budget de l'instruction publique dans chaque vilayet est fixé par le ministère de l'Instruction publique.

La vente, pour cause de dettes fiscales ou personnelles, de la demeure du contribuable, des terrains nécessaires à sa subsistance, de ses instruments de travail, de ses bêtes de labour et de ses grains, demeure interdite.

CHAPITRE XVI

Commission permanente de contrôle.

Art. 32. — Il sera institué à la Sublime Porte une commission permanente de contrôle composée d'un président musulman, et, par moitié, de membres musulmans et non musulmans, et chargée de surveiller l'application exacte des réformes.

Les ambassades feront parvenir à cette commission, par l'intermédiaire de leurs drogmans, les avis, communications et renseignements qu'elles jugeront nécessaires, dans les limites de l'application des réformes et des mesures prescrites par le présent acte.

Lorsque la Sublime Porte et les ambassades seront d'accord pour considérer la commission comme ayant accompli son mandat, elle sera dissoute.

ANNEXE I

Tableau de statistique de la population arménienne dans l'Empire ottoman établi par le Patriarcat arménien en 1882.

A. _Dans les Six Vilayets._		
Vilayet de Van	400.000	
— de Bitlis.	250.000	
— de Diarbékir	150.000	
— d'Erzeroum.	280.000	
— de Mamouret-ul-Aziz	270.000	
— de Sivas	280.000	
	1.630.000	1.630.000
B. _En Cilicie._		
Vilayet d'Adana	280.000	
— d'Alep (partie septentrionale Aïntab, Ourfa, Kiliss, Marache)	100.000	
	380.000	380.000
C. _Dans le reste de la Turquie d'Asie._		
Vilayet de Trébizonde (1)	120.000	
— d'Hudavendiguiar (Brousse).	60.000	
— d'Aïdine	50.000	
— d'Angora, Castamounie et Koniah . . .	120.000	
— de Syrie, de Beyrouth, de Mossoul, de Bagdad et de Bassorah.	40.000	
Sandjak d'Ismidt et les environs.	65.000	
	455.000	455.000
D. _Dans la Turquie d'Europe._		
Constantinople et ses environs.	135.000	
Vilayet d'Andrinople	50.000	
Dans le reste de la Turquie d'Europe.	10.000	
	195.000	195.000
Total.		2.660.000

(1) A cette époque le sandjak de Chabin-Karahissar faisait partie du Vilayet de Trébizonde.

ANNEXE J. — Tableau de statistique de l'Arménie Turque en 1912, Vilayets d'Erzeroum, de Van, de Bitlis, de Kharpout, de Sivas et de Diarbékir, établi par le Patriarcat Arménien

(A l'exclusion des parties de ces provinces où les Arméniens ne sont pas en nombre)*

Nos	Nations et Races	Erzeroum	Van	Bitlis	Kharpout	Diarbékir	Sivas	Total	%	Total %
1.	Turcs	240.000	47.000	40.000	102.000	45.000	192.000	666.000	25,4	
2.	Circassiens (immigrés)	7.000	—	10.000	—	—	45.000	62.000		Mahométans 45,1
3.	Persans	13.000	—	—	—	—	—	13.000		
4.	Lazes	10.000	—	—	—	—	—	10.000	3,4	
5.	Tzigans	—	3.000	—	—	—	—	3.000		
6.	Kurdes sédentaires	35.000	32.000	35.000	75.000	30.000	35.000	242.000	9,2	16,3
7.	Kurdes nomades	40.000	40.000	42.000	20.000	25.000	15.000	182.000	7,1	
8.	Kizilbaches	25.000	—	8.000	80.000	27.000	—	140.000	5,3	8,2 / Divers 9,7
9.	Zaza-Tmbli-Tchariklis	30.000	—	47.000	—	—	—	77.000	2,9	
10.	Yézidis	3.000	25.000	5.000	—	4.000	—	37.000	1,4	
11.	ARMÉNIENS	215.000	185.000	180.000	168.000	105.000	165.000	1.018.000	38,9	Chrétiens 45,2
12.	Nestoriens, Yagoubis, Chaldéens	—	18.000	15.000	5.000	60.000	25.000	123.000	4,7	
13.	Grecs et autres chrétiens	12.000	—	—	—	—	30.000	42.000	1,6	
		630.000	350.000	382.000	450.000	296.000	507.000	2.615.000	100 %	100 %

Musulmans

Turcs 666.000
Kurdes .... 424.000 } 45,1 %
Autres Musulmans ... 88.000

TOTAL ... 1.178.000

Religions diverses

Kizilbaches .. 140.000
Zaza - Tmbli - Tchariklis . 77.000 } 9,6 %
Yézidis ... 37.000

TOTAL ... 254.000

Chrétiens

Arméniens .. 1.018.000
Nestoriens .. 123.000 } 45,2 %
Grecs, etc. .. 42.000

TOTAL ... 1.183.000

Chiffres Généraux

Chrétiens ... 1.183.000 = 45,2 %
Musulmans ... 1.178.000 = 45,1 %
Religions diverses ... 254.000 = 9,7 %

TOTAL ... 2.615.000

(*) Les parties exclues sont : *Hekkiari* dans le vilayet de Van ; *Le Sud de Sighert* dans le vilayet de Bitlis ; *Le Sud* du vilayet de Diarbékir ; *Le Sud de Malatia* dans le vilayet de Kharpout ; *Le Nord-Ouest et l'Ouest* du vilayet de Sivas.
Le nombre des Arméniens qui habitent ces parties est de 145.000.

ANNEXE J bis

Tableau des statistiques de la population arménienne dans l'Empire Ottoman.

Arménie turque.	1.018.000
Dans les autres parties des six vilayets	145.000
Cilicie.	407.000
Dans le reste de la Turquie d'Europe.	530.000
	2.100.000

ANNEXE K

Le sort des Arméniens pendant les derniers trente ans. — Tableau comparatif des statistiques de 1882 (1) et de 1912.

	1882	1912	Augmentation	Diminution	Diminution
Arménie turque. . .	1.630.000	1.018.000	. . . .	—612.000	
Cilicie.	380.000	407.000	+ 27.000		
Dans le reste de l'Empire ottoman.	650.000	675.000	+ 25.000		
Total.	2.660.000	2.100.000	+ 52.000	—612.000	—560.000 (2)

(1) Dans la statistique de 1882, le chiffre de 1.630.000 représente les Arméniens des six vilayets, alors que dans celle de 1912, le chiffre 1.018.000 représente les Arméniens des six vilayets, moins certaines parties des vilayets de Sivas, de Bitlis, de Mamouret-ul-Aziz et de Diarbékir.

(2) Ce chiffre doit être quadruplé, voici pourquoi. Nous avons démontré qu'en 1882, le chiffre de la population arménienne dans toute la Turquie dépassait 3.000.000. En évaluant seulement à 1.000.000 l'accroissement des naissances pendant ces trente ans, on trouve que le régime turc, pendant cette période, a réduit d'environ 2.000.000 le nombre de la population arménienne.

ANNEXE L

Salnamé de 1298 (1882), pages 413-414.

Bédélati Askériyé (Impôt d'exonération du service militaire.)

En récapitulant les rendements nets de cet impôt en 1292, 1293 et 1294, on obtient les chiffres suivants :

Année 1292 (1876) Lt 416.720.
Année 1293 (1877) Lt 542.200.
Année 1294 (1878) Lt 542.390.

En tenant compte que pendant ces trois années, par suite de la circulation du papier monnaie, le rendement de cet impôt a été supérieur au moyen des autres années, nous avons dû admettre, pour cette année-ci, comme rendement éventuel, la somme de Lt 462.870.

Si on évalue la population mâle non musulmane de l'Empire ottoman au minimum de 4.000.000, le rendement de cet impôt devrait être au moins le double de ce qu'il produit aujourd'hui.

ANNEXE M

Importations.

Sandjaks	Manufactures	Coloniaux et cuirs	Métaux	Total
Sivas . . . . . . Lt.	300.000	400.000	50.000	750.000
Tokat . . . . . . —	250.000	300.000	50.000	600.000
Amassia . . . . . —	250.000	300.000	30.000	580.000
Ch. Karahissar . . —	50.000	65.000	8.000	123.000
Lt.	850.000	1.065.000	138.000	2.053.000

Exportations.

	Récoltes et divers articles
Sivas	600.000
Tokat	500.000
Amassia	500.000
Ch. Karahissar	35.000
	1.635.000

Commerçants (Importateurs).

Sandjaks	Total	Arméniens	Turcs	Différentes Nationalités	
Sivas :					
Manufactures	20	18		2	Grecs
Coloniaux, cuirs	25	23	2		
Métaux	12	12			
Tokat :					
Manufactures	20	15		5	—
Coloniaux, cuirs	10	7	3		—
Métaux	5	3		2	—
Amassia :					
Manufactures	25	22		3	—
Coloniaux, cuirs	15	13	2		
Métaux	10	10			
Ch. Karahissar :					
Manufactures	15	10	5		
Coloniaux, cuirs	5	4	1		
Métaux	4	4			
	166	141	13	12	

Boutiquiers et artisans.

Sandjaks	Total	Arméniens	Turcs	Différentes nationalités	
Sivas :					
Boutiquiers	750	600	150		
Artisans.	1.750	1.500	250		
Comestibles, légumes . .	1.500	1.000	500		
Tokat :					
Boutiquiers	500	350	100	50	Grecs,
Artisans.	800	500	200	100	Israél.
Comestibles, légumes . .	700	300	400		
Amassia :					
Boutiquiers	600	450	100	50	Grecs
Artisans.	1.000	700	150	150	—
Comestibles	1.000	600	300	100	—
Ch. Karahissar :					
Boutiquiers	300	250	50		
Artisans.	400	350	50		
Comestibles, légumes . .	500	200	300		
	9.800	6.800	2.550	450	

Commerçants (Exportateurs).

Récoltes et différents articles.

Sandjaks	Total	Arméniens	Turcs
Sivas	50	45	5
Tokat.	40	30	10
Amassia.	50	45	5
Ch. Karahissar	10	7	3
	150	127	23

Capitalistes et Banquiers.

Sandjaks	Total	Arméniens	Turcs
Sivas	10	10	
Tokat.	10	8	2
Amassia.	15	12	3
Ch. Karahissar	2	2	
	37	32	5

Industrie.

	Total	Armé- niens	Turcs	Étran- gers
Fabriques de tapis (Sivas)	3			3
— de tissus indigènes (Ghurune)	20	19	1	
Minoteries (Sivas).	8	4	4	
Fabriques de Yazma, de tissus indigènes (Tokat).	22	22		
Minoteries (Tokat).	5	3	2	
Fabriques de fil de coton (Zilé).	5	5		
Minoteries (Zilé).	4	2	2	
Fabriques de tissus indigènes (Amassia)	6	6		
Filatures de soie (Amassia)	3	3		
Minoteries hydrauliques (Amassia). . .	35	30	5	
Fabriques de tissus (Marzevan, Hadji-keuy).	10	10		
Teintureries (Marzevan)	3	3		
Fabriques de chaussettes (Hadjikeuy) .	4	4		
Minoteries (Marzevan, Hadjikeuy). . .	10	9	1	
Corderies (Hadjikeuy)	10	5	5	
Fabriques de tissus de coton (Chabin-Karahissar)	5	5		
	153	130	20	3

ANNEXE N

Tableau de statistique des Écoles arméniennes dans l'Arménie turque, en 1901-1902, établi par le Patriarcat.

RÉGIONS	Écoles	Élèves Garçons	Élèves Filles	Professeurs
Arménie turque.				
Seerd	3	163	84	11
Amassia-Marzevan	9	1.524	814	54
Chabin-Karahissar	27	2.040	105	42
Erzeroum	27	1.956	1.178	85
Kighi	27	1.336	367	43
Baïbourt.	9	645	199	32
Diarbékir	4	690	324	27
Kharpout	27	2.058	496	58
Eguine	4	541	215	22
Tchimichgazak	12	456	272	15
Arapguir.	18	713	223	25
Tcharsandjak.	12	617	189	18
Etesia.	8	1.091	571	26
Gurine.	12	736	78	20
Darandé.	2	260	70	5
Divrig.	10	757	100	20
Sivas	46	4.072	549	73
Bitlis	12	571	63	20
Ersindjan	22	1.389	475	63
Gamakh.	13	646	28	16
Bayazid.	6	338	54	13
Moucho	23	1.034	284	35
Van.	21	1.323	554	59
Lim et Guedoutz	3	203	56	6
Aktamar.	32	1.106	132	36
Terdjan	12	485	10	12
Sper-Kiskim	3	80	..	3
Passin.	7	315	..	7
Khnouss.	8	352	15	12
Dicranaguerd.	2	180	..	5
Palou	8	505	50	15
Malatia	9	872	230	19
	438	29.054	7.785	897
Cilicie.				
Aïntab.	9	898	708	58
A reporter	9	898	708	58

RÉGIONS	Écoles	Élèves Garçons	Élèves Filles	Professeurs
Report.	9	898	708	58
Antioche.	10	440	47	10
Alep.	2	438	249	18
Hadjen	4	508	69	12
Zeïtoun	10	605	85	15
Sis et environs	7	476	165	19
Adana.	25	1.947	808	69
Marache.	23	1.361	378	44
	90	6.673	2.509	245
Les autres parties de l'Empire				
Andrinople.	6	314	251	22
Rodosto.	9	1.017	856	48
Ismidt.	38	5.404	3.103	212
Bilédjik	10	1.120	143	21
Kutahia.	5	825	349	23
Smyrne	27	1.640	1.295	109
Angora	7	895	395	29
Césarée	42	3.795	1.140	125
Samsoun	27	1.361	344	59
Trébizonde.	47	2.184	718	85
Bagdad	2	68	46	11
Yozghad.	12	1.197	557	43
Brousse	16	1.345	733	54
Balikesser-Panderma	8	700	634	35
Tokat.	11	1.408	558	50
Kastamouni	3	110	50	2
Koniah	3	213	137	12
Armache.	2	190	110	6
	275	23.786	11.419	946
TOTAL GÉNÉRAL. . . .	803	59.513	21.713	2.088

ANNEXE O

Abedine Pacha à M. Goschen.

Constantinople, le 5 juillet 1880.

MONSIEUR L'AMBASSADEUR,

J'ai l'honneur de répondre à la partie de la note du 11 juin de Votre Excellence, qui a trait aux stipulations de l'article LXI du Traité de Berlin, stipulations énoncées dans le dernier paragraphe du même article.

En dépit des préoccupations et des difficultés de tout genre résultant de la guerre, le Gouvernement impérial ottoman a toujours eu présent à la pensée l'exécution de ces clauses, et envoyé dans toutes les parties du Kurdistan et dans d'autres vilayets, plusieurs fonctionnaires compétents, dont la mission consistait à rechercher les moyens les plus efficaces pour assurer la sécurité tant des Arméniens que des autres sujets fidèles de Sa Majesté Impériale le Sultan, à indiquer enfin le mode d'application des mêmes moyens, en exécutant eux-mêmes quelques mesures rentrant dans leurs attributions. Outre ces Commissions, on n'ignore pas non plus que, dans un court espace de temps, le Gouvernement ottoman a décrété la séparation des tribunaux Nizamié du pouvoir exécutif, conformément à ce qui se pratique en Europe ; qu'il s'efforce encore de leur donner une bonne organisation et de faire partout les expériences nécessaires tendant à établir un nouveau mode de perception des impôts et de la dîme, afin d'assurer le repos et la tranquilité des populations ; qu'il a enfin commencé à instituer la gendarmerie et la police dans certaines localités, en chargeant plusieurs officiers spéciaux indigènes et étrangers de présenter des projets de lois sur ces deux institutions, et en prenant en considération tout ce qui contribuerait à leur succès.

Il résulte de ces enquêtes que, parmi les réformes les plus appropriées au caractère et aux besoins des populations, celles reconnues à l'heure qu'il est comme les plus urgentes et efficaces, consistent en l'organisation et en la répartition des nahiés (communes), ainsi qu'en la création de Cours d'assises.

Je crois donc opportun d'entrer dans quelques détails relativement à ces deux points qui sont destinés à garantir d'une manière sûre et certaine l'ordre et la sécurité publiques.

Chaque district (kaza) sera divisé en communes, qui comprendront à leur tour des groupes de villages rapprochés les uns des autres.

Les conseils communaux seront élus par les habitants, et le Gouvernement nommera l'un des conseillers administrateurs de la commune investis de certaines attributions se rattachant au pouvoir exécutif ; ces administrateurs relèveront des sous-préfets (kaïmakams) et cumuleront également les fonctions municipales. Ils doivent appartenir au culte de la majorité des habitants qui les auront élus, et auront, dans ce cas, pour adjoints, les personnes professant le culte de la minorité. Ils seront assistés dans l'exercice de leurs fonctions par un conseil mixte, composé de quatre à six membres, issus du suffrage de la population. Les susdits administrateurs et conseils des communes seront nommés pour la première fois seulement par les conseils administratifs des sous-préfectures, lesquels conseils auront à les choisir parmi les habitants des localités respectives.

Chaque administrateur aura sous ses ordres une gendarmerie, dont le nombre pourra être augmenté en proportion des besoins réels de la localité. Cette force armée sera chargée d'assurer l'ordre et la sécurité de la commune, de mettre en état d'arrestation les malfaiteurs et les vagabonds, et de protéger les habitants contre toute violence et vexation. Chaque brigade de gendarmes pourra requérir l'aide et la coopération de celles des autres communes pour agir ensemble et réussir dans la poursuite des brigands.

Outre les agents mentionnés ci-dessus, il sera organisé dans chaque province, en vertu d'un règlement spécial, un corps de gendarmerie provincial, dont les officiers et soldats seront choisis parmi toutes les classes des sujets de l'Empire, et qui sera placé sous les ordres du gouverneur général (vali), pour être mis à la disposition des préfets (mutessarifs) et des sous-préfets (caïmakams). Il aura pour commandant des officiers expérimentés, et donnera aide et assistance chaque fois qu'il en sera requis aux gendarmes se trouvant dans les communes.

Il ne saurait entrer dans le cadre de la présente note d'énumérer tous les avantages que comporte l'organisation qui précède. Il me suffit de constater ici qu'elle sera également un moyen efficace pour augmenter le nombre des écoles communales, amener le progrès de l'agriculture et améliorer les voies de communication par les soins des administrateurs et des conseils de commune.

La même expérience faite dans un des districts du vilayet de Salonique a produit dans un bref délai les meilleurs résultats au grand contentement de la population locale. Une telle mesure aura donc pour effet principal d'asseoir sur des bases solides la sécurité publique et individuelle.

Un autre moyen puissant pour garantir cette sécurité c'est, comme nous l'avons dit, l'institution des cours d'assises. Ces tribunaux auront, à tour de rôle, à parcourir les districts où leur présence sera reconnue nécessaire et à y juger les crimes. Un tel mode de procédé offre de très grands avantages, attendu que l'instruction et le jugement sur les lieux se feront avec beaucoup plus de facilité que si la cause devait être soumise aux cours criminelles sédentaires dans les sandjaks ; car, il arrive toujours que les personnes dont le témoignage est reconnu indispensable, se refusent à comparaître devant ces dernières et même à se constituer comme témoins, à cause de la grande distance des difficultés de communication, de la perte de temps et des dépenses considérables, toutes choses qui entravent forcément le cours de la justice.

Le Gouvernement ottoman a déjà admis aux fonctions publiques des personnes capables et honnêtes sans distinction de culte. Désormais, ce fait recevra une plus large application encore, et la Sublime Porte tiendra la main à ce qu'il se traduise bientôt par des actes.

Une autre mesure, toute aussi importante, s'impose à la sollicitude du Gouvernement impérial ; c'est celle de veiller attentivement au progrès de l'instruction et des travaux publics, cause principale du bonheur d'un pays. En conséquence, abstraction faite des revenus des douanes, du sel et du tabac de chaque vilayet, ainsi que de ceux des fondations pieuses (evcafs) dont la gestion relève des conseils des communautés, un dixième sera retenu sur le reliquat des dépenses affectées au service administratif du vilayet, dépenses fournies par les autres revenus généraux du même vilayet, et devra, à partir de l'année prochaine, être mis à la disposition du vilayet pour le service de l'instruction et des travaux publics. Il va sans dire que cette allocation spéciale sera élevée au fur et à mesure que les revenus de l'État auront augmenté.

Un règlement complet concernant les vilayets, règlement basé sur l'expérience et les enquêtes faites sur les lieux, est à l'étude. Il recevra bientôt une application générale dans toutes les provinces de la Turquie d'Asie. De même, les attributions des gouverneurs généraux seront plus étendues et leur fonction garantie.

Tels sont, Monsieur l'Ambassadeur, les points principaux des règlements spéciaux qui vont être mis en vigueur.

En portant ce qui précède à votre connaissance, il m'est pénible d'avoir à constater ici que, chaque fois que des crimes de droit commun, dont la perpétration est naturelle dans tous les pays du monde, viennent à se commettre dans les localités habitées aussi par des Arméniens, des esprits passionnés semblent s'être donné pour mission d'inventer des crimes imaginaires et de les ajouter à ceux-là, en les représentant comme réels aux yeux de l'Europe et des consuls résidant sur les lieux.

En terminant, je crois devoir affirmer, d'une manière catégorique et précise à Votre Excellence, que le recensement officiel des populations arméniennes de Van, de Diarbékir, de Bitlis, d'Erzeroum et de Svas a donné le résultat suivant : le chiffre de ces dernières s'élève à 17 %, celui des autres communautés non musulmanes à 4 %, et celui des habitants musulmans à 79 % de la population.

Je crois enfin superflu de déclarer que la Sublime Porte donnera avis aux Puissances signataires du Traité de Berlin des mesures prises par elle pour l'introduction successive des réformes dans les provinces du Kurdistan et d'Anatolie, habitées aussi par des Arméniens.

Veuillez, etc.

Signé : ABEDINE.

ANNEXE P

Note verbale collective adressée à Saïd Pacha par les ambassadeurs de France, de Russie et d'Angleterre.

Le 12 octobre 1895.

Les soussignés, ambassadeurs de Russie, de France et de la Grande-Bretagne, ont reçu la note verbale que la Sublime Porte leur a adressée le 20 de ce mois et ont l'honneur d'en accuser réception à Son Excellence Monsieur le Ministre des Affaires étrangères.

Ils ont pris connaissance du texte du décret relatif aux réformes dont S. M. I. le Sultan vient de décider l'application, ainsi que du plan qui en contient l'exposé, et c'est avec satisfaction qu'ils constatent que le Gouvernement impérial a résolu de mettre en pratique les règles solennellement formulées dans les hatts précédents des souverains ottomans et les mesures découlant des principes exposés par la Sublime Porte dans ses communications des 2 juin, 17 juin, 5 août, 17 août et 5 octobre de la présente année.

En prenant acte de ces dispositions et de l'intention de la Sublime Porte de les étendre, outre les vilayets mentionnés dans le décret, à tous les cazas d'Anatolie où les Arméniens forment une partie notable de la population, les ambassadeurs de France, de la Grande-Bretagne et de Russie ne doutent pas que les fonctionnaires chargés d'exécuter et d'appliquer les réformes n'assurent, par leur intelligence, leur zèle et leur désintéressement, à tous les sujets ottomans sans distinction, les bienfaits d'une administration soucieuse du bien-être général et de la prospérité de l'Empire.

Les garanties dont le Gouvernement impérial déclare, dans ses communications susmentionnées, vouloir entourer le choix et la nomination des fonctionnaires de tous ordres, témoignent de l'importance que la Sublime Porte attache à ce que ses agents dans les provinces remplissent leur mission à la satisfaction de toutes les communautés et à ce que les valis, notamment, donnent à l'administration de chaque vilayet une impulsion conforme aux vues que vient d'affirmer à nouveau Sa Majesté impériale.

C'est dans cette confiance que les ambassadeurs de France, de la Grande-Bretagne et de Russie croient pouvoir le mieux servir les intentions manifestées par la Sublime Porte en se réservant de lui signaler, lors de leur désignation, les personnes dont les antécédents et le caractère ne sembleraient pas répondre aux conditions indiquées comme nécessaires par le Gouvernement ottoman lui-même.

C'est aussi dans cette confiance qu'ils seront heureux de prêter, à l'occasion, tout leur concours au Gouvernement de Sa Majesté impériale pour la réalisation des réformes qu'elle vient de décréter.

Les soussignés prient Son Excellence Monsieur le Ministre des Affaires étrangères de vouloir bien leur accuser réception de la présente communication, et saisissent cette occasion pour lui renouveler les assurances de leurs sentiments de très haute considération.

NÉLIDOFF. P. CAMBON. PHILIP CURRIE.

TABLE DES MATIÈRES

ANNEXES

IMP. DUBREUIL, FRÉNEDEAU & CIE, 18, RUE CLAUZEL. - PARIS -4540

www.ingramcontent.com/pod-product-compliance
Lightning Source LLC
Chambersburg PA
CBHW070815260626
47161CB00006B/2298